U0618521

插花地册子

止庵 著

北 京 出 版 集 团

北京十月文艺出版社

目
　录

增订版序

　　记得当年《插花地册子》面世后，有书评云，对嗜好读书的人来说，这是一部"关于书的《随园食单》"。我很感谢论者此番揄扬，但也知晓所言太过夸张；而且话说回来，我的本意并不是在开书目上。实话说我也没有这个本事。书目只能显示——或暴露——开列者的水平，当然附庸风雅者除外。真有资格开书目的，读书必须足够多，足够广，而且自具标准，又无所偏私，更不能先入为主。我读书则如这书中所述，在范围和次序上都有很大欠缺，迄今难以弥补。所记下的只是一己多年间胡乱读书所留下的零散印象，别人愿意参考亦无不可，但若视为一份推荐书目则难免误人子弟了。——顺便讲一句，我另外的几本书也有被误读之虞：《神拳考》不是讲述历史，《惜别》不是私人回忆录，《周作人传》不是"传记文学"。

我曾说，我这个人活到现在，差不多只做过读书这一件事，如果这能算件事的话。这话讲了将近二十年了，之后这段时间仍然如此。关于读书我写过不少东西，但很少谈到读书的好处，特别是对我自己的好处。这里不妨总括地说一下。回顾平生，我在文、史、哲方面的一点知识，从学校教育中获益甚少，更多的还是自己东一本书西一本书读来的。说来未必一定是相关学科的书，也包括各种闲书如小说、戏剧、诗歌、散文在内。当然难免只是一鳞半爪，譬如小时读《三国》，记住"依样画葫芦"，读《红楼》，记住"银样镴枪头"，读《水浒》，记住"瓦罐不离井边破"，诸如此类，但集腋成裘，渐渐学到一些东西。以此为基础，逐渐有了比较固定的对于历史、社会、人生的看法，以及养成一应兴趣、爱好、品位等。将我具体的人生经验及见识与书上所讲的相对照，有如得到良师益友的点拨，人生不复暗自摸索，书也不白读了。假如当初我不读这些书，也许会成为另外一个人；正因为读了这些书，我才是现在这样的人。这可以说是一种自我教育，而《插花地册子》所记录的就是这一过程。

当然，具体说起这码事儿来并没有那么简单。村上春树在《无比芜杂的心情》中写道："书这东西，根据年龄或阅读环境的不同，评价一般会微妙地发生变化。……在这样的推移中，我们或许可以读出自己精神的成长与变化来。就是说，将精神定点置于外部，测算这定点与自己的距离变化，就可以在某种程度上确定自己的所在之地。这也是坚持阅读文学作品的乐趣之一。"对我来说，有的书的好处当下就感受到了，有的书的好处却要过很久才能领会，有的书的意义仅仅在于引导我去读相关的、比它更为重要的书，也有的书昔曾视若珍宝，今却弃如敝屣。此亦如与人来往，有的一度密切，继而疏远，乃至陌如路人；有的则属交友不慎，后来幡然悔悟。不破不立，读书不违此理。

某地曾举办一项名为"三十年三十本书"的活动，要求报出曾影响过自己的书单，我亦在被征集者之列，在附言中强调说，影响了"我们"的书，不一定影响了"我"。就我个人而言，多少年来读书有个基本目的，就是想让"我"与"我们"在一定程度和方向上区分开来。"我们"爱读的书，说来我读得很少。在思想方面，我不想受到"我们"所受到的影响，或者说我不想受到"我们"的影响。从这个意义上讲，读书之为一种自我教育，正是对于规范化和同质化的反动。人与人之间无非大同小异，但正是这点小异，决定了是"我"而不是"他"，尤其不是"我们"。话说至此，可以再来解释一下当初何以要起这个书名。"插花地"

就是"飞地",查《现代汉语词典》,飞地,"①指位居甲省（县）而行政上隶属乙省（县）的土地。②指甲国境内的隶属乙国的领土"。用在这里是个精神概念,其意庶几近于所谓"异己"。

将读书作为一种自我教育,对于我这一代人来说,实在是无奈之举。当年假如不进行这种自我教育,恐怕就谈不上真正受到教育了。以后的人情况容或有所变化,但这一环节大概也不能够完全欠缺。虽然具体内容是不可能照样复制的,前面说到,影响别人的书未必能影响我,同样,影响我的书也未必能影响别人。所以书目还得自己来拟,书也还得自己来读。然而亦如前面所云,别人愿意参考亦无不可。这也就是我不揣冒昧,将这本谫陋的小书再度交付出版的缘由。

二〇一五年十一月八日

[补记]有一次做活动时史航说起,最希望我写的书是《插花地册子》续集。我记住这个话头儿,此番要出新版,的确想过整整补写一章,标题或许就仿照大仲马的《二十年后》。然而酝酿再三,终于交了白卷。只利用旧日笔记对全稿稍作修订增补,未免有负于友人的厚望。盖此书实为一部个人的成长记,后来尽管

继续认真读书，亦不无具体心得，即如我在《增订本后记》中所云，但无非拾遗补缺而已，到写完即我满四十岁时，所思所想总的来说"大事已然"，只是先前的认识进一步得到印证，实难像《庄子》里蘧伯玉那样，"行年五十而知四十九年之非""行年六十而六十化"。说到这里想起废名在《莫须有先生坐飞机以后》里说："……同时又喜欢孔子的话，后生可畏，四十五十不可畏了，孔子之为人真有趣，他的话多么表现其不知老之将至。"这段话读来很是委婉亲切，然而站在被说者的立场再一寻思，不免慨叹一声"甚矣吾衰也"。当然倘天假以年，仍当以读书自娱。加缪说的"重要的不是活得最好，而是活得最多"，乃是影响我人生最大的一句话。从某种意义上讲，读书正可以使一个人活得"多"些，譬如读了《安娜·卡列尼娜》，就又活了安娜的一生；读了《罪与罚》，就又活了拉斯柯尼科夫的一生。新版无须另写序跋，聊书数语于此。

二〇二一年六月十八日

原　序

　　我应承下这个题目，整整拖了一年不曾动笔。实在是写起来很不容易。原因有二，其一是要写自己的事情。我一向认为世间什么都可以谈谈，唯独自己的事情除外，因为容易搞得"像煞有介事"。记得有一回和朋友谈起，文艺复兴的流弊之一就是人们都太把自己当回事儿，而几百年来欧洲以至世界上的乱子多由此而生。看清楚这一点，大概可以引为鉴戒，更重要的恐怕还是觉得这未免可笑，也很可怜。再说读者多半是不相识的，凭什么不先请教一句想听与否，就把你那点儿鸡毛蒜皮的事情说个喋喋不休呢。天下事怕的是自己饶有兴致，而别人索然无味。话说到此，似乎牵扯到意义了，殊不知这是最难确定的，把有意义的看成无意义，因而不说，倒还无所谓，顶多只是遗漏，而古往今来遗漏的事情多了，最终一起归于寂灭而已；麻烦的是把无意义的看成有意义，岂不成了一桩笑话了。废话说了许多，终于还是要写，并不是自己又有新的想法，也不是一向视为无意义的忽然变废为宝了，道理其实只有一个：既然说过要写，那就写罢。只是有些太个人化的事情可以忽略不提，而且知道即便写下来也没有什么价值，那就不妨换个态度，至少无须装腔作势了。好有一比是明知自家摊儿上只有萝卜白菜，就用不着像卖山珍海味似的起劲吆喝了。当然有会做买卖的，能把萝卜白菜吆喝出山珍海味的价儿来，可惜我没有这个本事，而且总归还是心虚，不如尽量藏拙为幸。

其二是要写童年的记忆。查《现代汉语词典》，"童年"是指"儿童时期，幼年"。这大概是说年龄，真要如此我可就写不出什么来了，因为我在那个岁数差不多没有记忆。有个办法是浑水摸鱼，把后来的事情偷偷儿地移到前面去；但是我却不打算这么干，因为这颇有写小说的意思，那样的话倒不如另替主人公取个名字，索性胡编一气呢，兴许有点儿意思也未可知。这回照旧是实话实说，跟我十年来写文章的路数一样。但如果换个衡量的尺度，比如说经验，知识，或者思想，大概直到现在"童年"也还没有过去呢，这样似乎就可以打一点儿马虎眼了。此外，即使童年只是时间概念，记忆却是绵延一贯的，很难掐头去尾单单截取那么一段儿，而不牵扯到此后的想法和行事。也就是说，童年只是因，后边还有果（或者没有，好比一朵谎花，开过算是完事），我把这个因果关系写出来，大概和"童年记忆"的本义也不太离谱罢。说来这些都是找辙而已，可是人若不给自己找辙，又能干得成什么事情呢。反正勉强拿得出手的就是这些了。

话虽是这么说，赶到要动笔了，还是觉得有些为难。前些天和朋友聊天，我说现在无论谁都是几岁上小学，几岁上中学，几岁上大学，恐怕难得有早慧者，更别提什么天才了。这话原本与自己无关，可是现在要写这篇东西，觉得似乎除了一笔流水账以外，也没有什么好交代的。话说到这里忽然想到，从前写过《如逝如歌》，其实是一部自传。从一九八七年写起，到一九九三年才算完成，在此之前凡是自个儿觉得有点感触的东西大多写在里面了，倒不如拿这个来顶账呢。只是因为是诗的形式，又用了梦窗、碧山一路笔法，未免有些晦涩，现在要写也只好给它写本事。但是人生经历讲起来也就是点到为止，话说多了反而没意思。末了想起从前写过一段话："我这个人活到现在，差不多只做过读书这一件事，如果这能算是一件事的话。"那么就以这个为主来谈谈罢。虽然十年间以书为题目写过不少文章，该说的话其实也说了不少了，但那都是书评，未免略为严肃，至少书本子要找出来重看一遍，想清楚好坏究竟在哪里。这回则另辟门径，单单凭记忆说话，也就不妨随便些了。所以算是给那几本随笔集子写本事也行。虽然免不了有记错的地方，可是错误的记忆也是一种记忆。也不是凡记住的都写在这里，有些宁肯忘掉的，我当然就不写了。写的主要还是愿意保留的一点记忆罢。也可以说我写的是记忆在这些年里的沉积物或衍生物。可是还要声明一句，就是读书我也没怎么特别用过功，只不过别的方面乏善可陈，好像显得这像回事儿了。但是有一条线索在这里，也就由得我跑野马。现在闲话少说，言归正传，——至于"正传"是否仍是"闲话"，抑或更"闲"了几分，那我就不管了。

二○○○年八月九日

第一章　小时读书

七岁那年，我该上小学了，正赶"文化大革命"兴起，百事俱废，推迟了整整一年才入校。上学后没有语文课本，学的是一册《毛主席语录》，当时叫"红宝书"，可以管所有事情。老师每节课讲一两段，连带认字与领会里面的旨意。《语录》原本不是当教材编的，生字与语法现象并不循由简而繁的顺序出现，现在想来这种课一定颇不容易教，更不容易学。可是两方面似乎也都能够对付。而且此前我在幼儿园里已经认识一些字了。那时还搞"早请示，晚汇报"，每天要抄一段语录，次日交给老师，好久我才找着窍门，专挑字数少的，有一条最短，只有两个字："多思。"抄的次数最多，以致几乎天天都是在"多思"。不记得过了多久才有了真正的课本，大概总是一年以后罢，可是课本并没有更多趣味，而我也就沿袭了从前学《语录》的习惯，依然是对付而已。这一直延续到高中毕业，我不再学习语文为止。当年除了《毛主席语录》，还有一册《毛主席诗词》，大概因为形式内容均非浅显，好像不曾当过课本讲授，但也是必须学习的。我读古人诗词，即是从《卜算子·咏梅》后面所附陆游的那首同题之作（"驿外断桥边"）开始，我也是由此第一次领略中国诗词之美。上中学后我背诵了许多唐人绝句，语文课上不爱听讲，便在课本的空白处默写，一学期下来，几乎都写满了。至于老师所讲的什么中心思想、段落大意之类，可以说是不大用心去听的。期中、期末都是开卷考试，可以看课本，一抄就是，无须犯难。上大学学的是医科，没有中文课程，所以这方面受的教育，迄今仍然是空白。大学毕业后，有一次得知社科院要办函授课、讲些文学概论之类，我想不如也来补习一下，遂托那里的一位友人代为打听。谁知他反倒说，你没学过这个正是好事。我由此打消了重学中文的念头。顺便说一句，四卷本的《毛泽东选集》很长一段时间都是公众的必读书，而我由打篇末的注释里学到不少历史方面的知识。我很早就对历史具有浓厚兴趣，尤其是中国历史，主要是想知道一些事情，但是这方面的读物一时很难找到。外公家有一本专门解释《毛选》成语典故的书，好像不是正规出版物，我也曾经反复翻看。

上面讲不喜欢上语文课，这里却也有区别，可以说我是对课本里的那些文章始终了无兴趣，尤其是每篇文章几乎一律分作三段，每段体现一层意思，末了还要总结出全篇的所谓中心思想，实在有点儿让人腻味，——这甚至影响到我多年以后写文章，故意不按这个路数来写；但是，因为受了十几年的中小学教育而认识了不少字，并且学到基本的语法知识，所以也不能说一点好处没有。只是有一样儿我简直不会，就是作文，这可能与我不爱学习课文也有关系。可是赶上要写作文我也不怕，因为父亲可以代笔。上中学以后，拢共只有一两篇作文出自自己之手。我从学校领来题目，跟父亲说几句好话，他一会儿就写成了，交给我时总说让我用自个儿的话重写一遍，其实他已模仿过我的语气，所以我只需抄录在本子上就行了。交给老师之后，父亲很关心得到什么说法。有一位韩姓老师，总在我的作文本上用红笔又圈又点，批上"好"或"很好"的字样，末了还会给予满意的评语。父亲看了很高兴。可是韩老师所给的分数，却总是"五减"，而不是满分的"五加"，这让父亲困惑不解。大概老师觉得满分就是到头了，从此他无须再教，我也无须再学，那怎么行呢。他哪里知道就中的底细。父亲赋闲在家，不能发表作品，但是毕竟手痒，所以，代我写作文也就成了一桩乐事。

说来很奇怪，父亲希望我取得好成绩，我也能够做到，每次考试完了，他问我考得怎样，我总说"还是那个分数"，也就是一百分；可是他却不大督促我好好学习。非但如此，甚至时而还会鼓动我逃学，为的是一家人好打麻将。当时没有任何娱乐活动，父亲看见商店里卖一种算术棋，每副两种颜色，各有一到九个数字，再就是加减乘除和等号，他买了两副，将一种数字涂成别的颜色，当作条饼万，加减乘除当作东西南北，等号当作中发白，就凑成了一副麻将，我们常常以此消遣。因为怕被邻居发现，窗户都用床单挡上，桌上铺着毛毯，可以不出声响。牌很小，字就更小，屋里只点一盏八瓦管灯，昏暗得很，父亲想出一个办法，在每人的牌前放一条白纸，借助反光就能勉强看清牌上的数字符号了。只是多年不打，有关规则父母已经记不齐全。正好军事博物馆举办一个反走私成果展览，其中有副麻将牌，盒盖上印着一套规则，如对对和几番，十三幺几番，诸如此类，二哥和我就在周围转来转去，暗暗将其记在心中，回到家里写在纸上。打牌需要四个人，父母之外，姐姐、二哥那时在内蒙插队，一年里总有几个月回家"泡"着，大哥在黑龙江兵团，每年也会回来，如果他们不在，就需要我逃学凑数，这也好办，只需父亲写一张病假条，次日我带到学校就行了。而这正中我的下怀，说来除了中学最后一年外，学校给我留下的几乎都是不愉快的记忆，哪怕一天不去上课也好。

回到前面的话题，父亲代我写作文，一直到我参加高考。那时他在重庆，拟了几个题目写成文章，寄来让我记熟。我报考的是理科，语文一门只考一篇作文，题为"我在这战斗的一年里"，正好父亲所写的文章中有一篇内容与此有些接近，我便自己写了个头儿，三拐两拐引到父亲的意思上，接下去便大半默写他那一篇，结果半小时就交了卷子。我当时所在中学，"文革"前只设初中，从来没有人考上过大学，班主任姓陈，把希望寄托在我身上，每门考试都在考场外面守候。这回见我早早儿就出来了，还以为交了白卷呢，大为沮丧，我说没事，做完了。这位老师待我最好，至今不能忘怀。父亲最后替我代笔，是在我大学二年级时，有新生入校，校报让我写篇东西表示欢迎，我根本写不出这种应景文章，只好又回家求助于父亲，他照例一挥而就，其中引用李白的诗句"举手可近月，前行若无山"，让医学院的学生看了就觉得很新鲜。

我所受的中文教育，实在是乏善可陈，相比之下较为重要的恐怕还在业余阅读方面。我所读的第一部书是《十万个为什么》。这书共有两套，先出的计八册，每册封面颜色不同；后来的修订本好像有十几册，略薄，都是黑色封面。我开始读时大概六岁，以后好几年间一直在读，但是现在回想起来，其中只有数学与天文两部分还略有记忆。数学是因为其中有些故事非常有趣；天文则是我当时最喜欢的一个门类。动物园西边有个天文馆，母亲曾带我去过几次，实在是儿时最难忘的一番经历。仰望着巨大的圆顶，四周忽然变得漆黑一片，人立刻兴奋起来，接着星星就陆续出现了，什么北斗星，北极星，牛郎星，织女星，大熊星座，小熊星座，等等。多少年来我一直向往当时情景。后来倒有两次看见了当年天文馆里模拟过的那个星空，一次是一九九六年，在法国大西洋边，独自在石堤上坐了很久；另一次是一九九七年，在印尼的巴厘岛，和一位同事接连几晚去沙滩，仰卧在躺椅上，四下里都是潮声。这时我真有一种回到童年的感觉。

一九六六年八月的一天早晨，街道主任来对母亲说，红卫兵就要来了，你们自己先检查一下，看看有什么违禁之物。于是一家人忙成一团，撕碎照片，砸毁唱片，剁掉高跟鞋的后跟儿，扯烂旗袍连衣裙等等。检查父亲的藏书也是重头戏，但是谁都不知道除了马、恩、列、斯、毛，还有什么应该留下。母亲忽然想到鲁迅，于是大家赶紧从已经打算交给红卫兵抄走的一大堆书里翻找他的著作。那是一套一九四六年版的《鲁迅全集》。把外面的封套扯下，露出精装的红布面。手忙脚乱之际，遗漏了一册

"补遗"，只留下正文二十卷和"补遗续编"。不知怎么我的两套《十万个为什么》，还有几本小说却留下了，也许是母亲特意为我保留的读物罢。此外只有一套《瞿秋白文集》，共四卷，此前恰好被二哥小学的朱老师借走，过后还回，也成了漏网之鱼。家中别的藏书，都被同时来抄家的两批红卫兵拉走了。翻译家曹靖华住在我家对门，大概也有藏书被一并抄走。反正整整装了一大卡车。以后父亲从黑龙江回来，求一位是街道干部的邻居打听书的下落，答复说早已在附近一所中学的操场上，与别处抄来的书一起放火烧掉了。然而多年之后，陆续有人在潘家园等处买到封面有父亲签名的书，扉页却盖着不同的中学图书馆的章，原来是被公家瓜分了。我这才明白父亲当年被骗了，而我一度也曾相信这个谎言。我那时还小，根本不了解家里都有什么藏书，父亲一再对我说其中有两套最珍贵，一是《六一诗话》之后的全部诗话，一是《尝试集》之后的全部新诗集，都是他多年精心收集而来，打算作为研究之用。

剩下的那几本书，就是我以后多年的读物。其中鲁迅与瞿秋白两套，不是小孩子能够读的，这里略过不谈。有一部罗大里的《洋葱头历险记》，写得很热闹，但好像止此而已，别无意思。相比之下几本苏联小说倒给我留下更深的印象，包括《卓雅和舒拉的故事》《古丽雅的道路》《青年近卫军》《盖达尔选集》《马列耶夫在学校和家里》《瓦肖克和他的同学们》等。前两种是英雄故事，不算特别有趣。法捷耶夫的《青年近卫军》是所谓名著，可是连同《鲁迅全集》里同一作者的一部《毁灭》，我都是分几次好不容易才读完的，《毁灭》留待将来再说，《青年近卫军》只有袭击德军司令部那一段记得清楚，再就是有一位刘芭性格活泼，与众不同，我还由此得知俄国人名有不同的叫法，比如刘芭又可以叫作刘勃卡之类。后来我在中学学过几年俄语，讲到这个内容时，不免会心一笑。我最喜欢的是《盖达尔选集》。我是不大相信个人记忆特别是童年记忆的，尤其不愿意以此作为价值判断的标准，但是盖达尔现在已经不大有人提及，虽然大家都喜欢"怀旧"，可是也没有他的份儿，我还是觉得有点奇怪，这位作家总不至于就这样被遗忘了罢。他的选集共有两卷，留下印象最深的是《少年鼓手的遭遇》《学校》《铁木尔和他的队伍》，都带有传奇色彩，而且又是少年儿童的真切感受，很是引人入胜，虽反复阅读亦不感厌倦。另外两本已经忘了作者姓名的小说，《马列耶夫在学校和家里》很有光亮，《瓦肖克和他的同学们》则色调略暗，都是写和平生活的，其中种种烦恼和快乐，是我的实在生活中所完全缺乏的。举一个例，《马列耶夫在学校和家里》写到训练小狗的方法，说狗并不认字，展示一个数字给它，便一声声叫下去，只需在合适时机悄悄打个榧子，遂即停止，大家便觉得狗会数数了。这类事情，岂是当年黯淡乏味的岁月里我所能够想象的呢。我那时候有点儿孤僻，找不到愿意和我一起玩的伙伴，于是，马列耶夫、瓦肖克和《学校》的主人公鲍里斯·戈利科夫就成为我最好的朋友了。而他们对于我的意义还不限于此。瓦肖克比马列耶夫年龄要大一些，经历也就有所不同，二者正可相互接续；再加上盖达尔笔下那些人物，他们可能比我自己更是真实的我也未可知，甚至几乎可以说是替我制造了一个颇有意味的童年和少年时代。遗憾的是收有《铁木尔和他的队伍》的《盖达尔选集》下卷，后来不知怎么遗失了，从此铁木尔就给我留下了一个不辞而别的朋友的记忆。

这类书中另外一些则读得较晚，譬如马卡连柯的《教育诗》，那是我刚上初中时的重要读物，可是我已经不像对待上面提到的几种书那样，以一种仿同心理去读它了，只是想怎么不曾遇见像马卡连柯那么一位能够理解学生的好老师呢。他的《塔上旗》我得到更晚，简直不能卒读。《鲁迅全集》中也有几种儿童文学作品，比如《爱罗先珂童话集》《小约翰》《表》，却没有留下什么印象，虽然不久前听朋友讲起《小约翰》乃是一部杰作，但是我当时的确没有看出来。中国人这方面的著作读得不多，主要是难得找到，当然原本写得也不多，只记得张天翼的《宝葫芦的秘密》等，好像都很乏味。此外我还读过几种民间故事，有一本是《苏州民间传说》，从家里某个角落找到，有个故事还记得：织工为皇帝做龙袍，临近完成，一时瞌睡，碰破膝盖，血滴在龙袍上，大家着急，因为犯了杀身之祸。有位年轻工人想起织朵花来盖住血迹。总算对付了过去，这人却因身心交瘁而死了。另一本是俄罗斯的，系从朋友处借来，后来我读《知堂回想录》，知道周作人在五十年代译过《俄罗斯民间故事》和《乌克兰民间故事》，如果我当年所读即是他的译作，那就是读他的书的开始了。寓言一类，小时候我只读过一部《克雷洛夫寓言》，也是七十年代初父亲带来的，特别有意思，如有一则讲一富翁出门远行，托一守财奴看管财产，说你尽管随便享用。回来发现分文未动，守财奴拿着钥匙饿死了。伊索寓言多数故事均富于生存智慧，虽然不一定就是篇末特意标举出来的那些教训，可惜与拉封丹寓言等，我都是很晚才读到的。我的小说教育，其实颇有欠缺之处。有些当时应该读到的书，如《鲁滨孙漂流记》《格列佛游记》《巨人传》、安徒生的童话和史蒂文生的小说等，都找不着，甚至根本就不知道；到手时都很晚了，虽然一一读过，实话说已经没有太大兴趣。我常想，如果当年读了这些书，恐怕后来思想中幻想与浪漫的成分能够稍许增加罢。童话的一极是"野蛮"，另一极是"诗"；前者可以格林兄弟搜集的民间故事为代表，后者可以王尔德创作的《快乐王子》为代表。《安徒生童话全集》则介乎二者之间，亦不妨誉为集大成者。

说来很有意思，我起手读小人书即连环画，倒比读字书还要迟一些。当时有两类小人书，一类是绘画的，有的是成套的，如《水浒》《岳传》，有的只是一册，像《东郭先生》；另一类是摄影的，像那些样板戏和《地道战》、《地雷战》等。我的兴趣多半还在文字上，画则看得不甚仔细。父亲是很爱看小人书的，午睡前常持一册在手，睡着了书就落在枕边，这个情景我还记得很清楚。

我曾经有机会"读"到一部"书"，这部"书"除我之外，只有二哥"读"过，就是父亲给我们讲的故事。父亲是讲故事的高手，听过的人现在有时还要提到。他最拿手的是《水浒》，尤其是林冲那一段，他曾说这是一个完整的中篇；还有普希金的《杜布罗夫斯基》和莫泊桑的《项链》；此外是五六十年代放映过的几部电影，如苏联的《雁南飞》《士兵之歌》《第四十一》，以及卓别林的《凡尔杜先生》和《一个国王在纽约》。父亲对卓别林晚年的作品似乎情有独钟。此外还有一部日本电影《约会》，他只看过好像登载在一种内部发行的杂志《摘译》上的剧本，可是赋予想象，讲得绘声绘色，仿佛他亲眼看过影片一样。多年后我看到斋藤耕一导演，岸惠子、萩原健一主演，日本一九七二年上映的这片子，片长只有八十七分钟，可父亲讲的绝不比这短，不仅一应细节都讲到了，情节好像也有发挥补充——原来的故事比较简单，远不如印象中父亲讲得那么曲折复杂。父亲专门给二哥和我讲的叫"王二小的故事"，大概原本是河北怀来的民间传说，主人公是个土匪，打家掠舍，劫富济贫，父亲五十年代末下放到那里时听来的。但是我也怀疑其中多半还是他的创作，每天晚上现编现讲的。二哥和我躺在父亲两旁，听他接续讲下去。有时候我们都睡着了，他还没有讲完。发觉后并不曾生气，第二天说如果我们困了，告诉他一声就是了。可我们那时都小，常常还是没等告诉他已经睡着了。他就讲几句，问一声，叫我们答应一下。总之故事一直讲下去，也不知道总共有多长，最终还是没有讲完。几年后父亲将其中一个片断写成电影剧本，取名"回家"，当然也没有拍摄的机会，只拿给大家看看而已。受到墨西哥的电影《网》的影响，《回家》的对话也很少，一共只有五六十句，这是父亲的得意之笔。现在他和这剧本都不在了，二哥也离家出走多年，而"王二小的故事"除了一个题目，人物与情节我已不复记忆了。

很长一段时间里，对我来说书之外最重要的读物是地图。记得最早买到的还是某一国别或区域的地图，多半是"友好国家"或世界上的热点地区，譬如阿尔巴尼亚和印度支那，后来也有了中国地图和世界地图。地图贴满墙上，我一下学就站到床上去看。我看地图不是为的查找什么，而是当作一本书来读。某条河流，某座山脉，某国与某国相邻，都引起我的关注。我当时所有的一点地理知识，多半是因此得到的。有的地图城市按人口多少有不同标识，我更觉得有趣，曾经奇怪怎么法国除巴黎外，便只有马赛、里昂两个较大城市，而英国和意大利此类城市便多得多，当时都是不解之谜。多年后我几次去欧洲，有些小城当初在地图上见过名字，别有一种亲切感。开始买地图可能还要早一些，较多则是一九六九年我家搬到西颂年胡同五十一号之后。房子只有小小一间，三面墙总共没有多大面积，贴不下几张地图，于是就把替换下来的糊了顶棚。然而房子很矮，站在床上也可以仰头去看。

地理之外我更有兴趣的是历史，前面已经约略提及，但是长期苦于找不到书读。后来我给在黑龙江的父亲写信，请求他给提供一些。想来父亲见我有志读书也很高兴，先后寄来十几本小册子，如《中法战争》《义和团运动》之类，最主要的是厚厚一册范文澜的《中国通史简编》，我反复阅读，简直爱不释手。这书行文相当口语化，最初觉得有些别扭，现在想来还真是不易。到了七十年代，开始陆续有书卖了。母亲带我到王府井书店，见到一部厚厚的甲骨文拓片的书在玻璃柜里摆着，好像是郭沫若所编，那个模样还约略记得。那次买的是范文澜的《中国通史简编》修订本第一册，比父亲寄来的要详细得多。这书以后陆续出版，一共买过四册，大概没有出齐。郭沫若的《李白与杜甫》，也是当时极少数公开发售的书籍之一，我只记得他说李白生在碎叶，乃是后来为俄国所强占的地盘，再就是说杜甫是吃牛肉撑死的。他的一篇旧作《甲申三百年祭》，当时很有名，我好像也看过，但是忘了他说过什么了。以后父亲带回来一册荣孟源编的《中国近代史参考资料》，我第一次读到当年人自己的记述。清楚记得其中义和团揭帖说"大法国，心胆寒，英吉俄罗势萧然"，可是后来我写那本关于义和团的书，查资料却是"大法国，心胆寒，英美德俄势萧然"，不知哪个版本准确。有一回去法国，走在巴黎街头，不知怎的忽然想起前两句来，很感滑稽。参考资料里还有《景善日记》，我也看得仔细，后来知道是伪书，写书时未曾引用。另外有陈天华的《猛回头》节选，上来就说："拿鼓板，坐长街，高声大唱。"我常想这"高声大唱"实在太好玩了。

第二章　创作生涯

一九七二年四月，我和姐姐结伴去江南旅游。车票买到杭州，途中在南京、无锡、苏州、上海分别下车，各玩一天。每天每人的预算是一块钱。记得在无锡去了鼋头渚，那时还没见过海，觉得太湖好大的水，好大的浪，不免有些激动，打算留影一帧。可是拍照片就不再有吃午饭的钱，商量之后，还是留影要紧，于是饿了一顿。住的旅馆有十几人一间的，有几十人一间的，在上海的一晚则干脆在火车站的长椅上凑合了。到了杭州，住在母亲的老朋友周姨父家，吃住都好，待了将近一个月。这是我平生第一次出门，当时还在上小学，大概又是父亲写的假条派了用场罢。我的家境并不富裕，因为记得返京时带了一块钱，为在火车上吃饭之用，我舍不得花，一路饿着回来，父母去车站接我，见面便问身上带钱没带，遂将这一块钱交给他们了。这种情况下父亲却肯让我们出去旅游，这要算得他对子女特殊的教育方式，"读万卷书，行万里路"本来是他自己信奉多年的人生哲学。

远行一趟，自然长了不少见识，但在我却另有一番重要意义，就是引导我开始了创作生涯。返京之后，生活如常，常常回想起在江南的见闻，希望记述一些下来。前面讲过我向来怕写作文，现在却自发地要创作了，似乎有些奇怪，其实不然，我所抵触的乃是别人发下来的题目。这样一共写了将近十篇游记，父亲逐一修改，让我重新抄好，由他给订成小册子，并冠以总题目曰"春晨"。这原是他自己当年学习写作时的习惯，后来我看他在《关于我写诗》一文中说："这一年我写了许多诗，自己珍爱地装订成了许多个本子。"此外还说："现在我也常常劝告年轻的朋友，把自己的习作抄写成册。这是自己走过的脚印，常常看看只有好处。"我这最初的习作早已遗失，当然原本也没有保存的价值，因为写的时候已经觉得很幼稚了。不过回想起来倒有一点意思，即我学习写作居然是从游记起步，而后来我最不喜欢的便要数这种文体了，还曾写过《谈游记》一文略述这方面的意见。我在文学方面所排斥的，多半都是曾经热衷尝试的东西，正所谓不惜以今日之我与昨日之我战。这至少可以说是有点经验教训在里面罢，不是人云亦云地跟着时尚跑的；至于经验教训总结得正确与否就不得而知了。

第二年夏天，父亲在家闲居无事，起念要教授子女们学习写作。我们兄弟姐妹经常聚在院里的槐树下，听他侃侃而谈。主要讲怎么写小说，也曾讲到散文，但是好像没有人提出要学写诗。大哥和姐姐都曾记有笔记，可惜未能保存下来。我那时还小，只能算旁听生，可是若论习作，却要数我写得最多，大哥和姐姐大概各自只写过一两篇东西，二哥有一次也说要写小说，但是起了个头儿就停笔了。那时他们户口都在乡下，前途未卜，也难得集中心思；我却多少有点儿无忧无虑。我写了几个短篇，取材于学校生活，故事多半是父亲代为编就，无论主题还是人物设计，都遵循当时"三突出"之类正统观念。他还曾挑了两篇分别代投给《北京日报》和《北京文艺》，但是都被退了稿，有一次还收到手写的回信，指出问题所在，恰恰是没有做到"三突出"。可见父亲对这套所谓原则，并不能够真正领会。至于我就更别提了。

这里有段插话，即二哥和我有段时间曾经写着玩儿过，但这其实与所谓"创作生涯"无关，只是我们之间的一种游戏。他年长我五岁，是我当时唯一的游戏伙伴。先是在棋子上贴些编造的人名，演习类似《东周列国志》的故事，不过国度和情节都出乎自己的幻想。后来觉得写下来更有意思，于是就你一段我一段地记在小本子上。二哥在乡下读过一部《荒江女侠》，回家来又借到《七侠五义》《小五义》《续小五义》等，特别投入，自己不免手痒，于是幻想国的故事写了一半就撂下了，又来写武侠小说，仍是由我来配合。开头大概是模仿《荒江女侠》，可这书我没读过，不知究竟，等轮到我写了，只好胡编起来。当时我很迷恋章回体的形式，也学着诌了几个对句。我家房子顶棚一角破了个窟窿，我们每轮流写一段，就爬上被垛把小本子藏到里面。有一次被父亲发现，他担心有违禁的内容，特地取下来检查一过，但并没有予以制止，大概是没有什么问题罢。其实我们自己也很谨慎，记得我给一个人物取名"徐汇青"，二哥接着写时，怕被人误认为"江青"，遂一一改为"徐洹青"了。拢共写了六七回的样子，不知怎么中止了，这些本子后来也丢掉了。但是以后赶上失眠的时候，我有个自我疗治的方法，就是编故事给自己听；这其实还是当年和二哥合编的幻想国故事的延续，虽然距离那时已经很久远了，就连二哥离家出走也整整二十二年了。这故事真长——或许是我想念二哥的一种方式罢。

再过一年，我开始学写长篇小说。仍是以学校生活为题材，人物和情节也是父亲给设计的，书名叫作"阳光下"。整整写了一年，用的是父亲从黑龙江带回来的稿纸，一页三百多字，总共将近有一千页。我从那时起养成个坏习惯，一张稿纸不能有任何涂改，写错字就团掉重写，结果扔得满屋都是纸团，记得有一次外祖母来，看到这情景，曾好心对我说你想好再写行么。现在我已经想不起来都写了些什么了，而且也不明白，既然是胡编乱造的，怎么会有那么多内容可写呢。我最后重看这稿子，是在十五年前，不免很是感慨，内容不必谈了，就连遣词造句也那么拙劣，真是把好端端的少年时光都糟蹋了，于是就把它给毁掉了。不过当初父亲却对我寄予厚望，专门给我写了一本《创作断想》，谈论小说的创作方法。这本书有六万来字，分主题、结构、人物、情节、语言、手法等章节，当然不免受到正统观念的影响，但其中对某些作品如《水浒》和鲁迅小说的分析，还是颇具独到之见的。

此后我又写了一部长篇小说，那时母亲在街道办的废品收购站当会计，一月挣二十六块钱，我便取材于她这段经历，写了北京一条小胡同里几家人的生活。她有一位同事，名叫杨嘉平，回民，是一位著名金石家的遗孀，她们都是落难在此，所以相当投缘。杨大妈病逝于一九八九年五月，我的《挽歌》中那句"还要为无名老妇写一行苦寒的诗"，就是纪念她的，这里附带说明一下。我开始写小说是在一九七五年末，父亲要到重庆去，临走前帮助我编成故事提纲，我记在一个小本子上。当时我最崇拜老舍，也想用北京口语来写城市底层生活，但是发现《骆驼祥子》里的许多说法，与现在已经颇为不同，不能照搬，还得靠自己在实在生活中体会。于是就留心胡同里老头老太太们平时的说话习惯，随时加以记录，然后用在自己的书里。我写作时经常给父亲写信请教技巧问题，父亲的回信每封都有七八千字，实际上是一批论文，探讨的问题较之《创作断想》更为深入。我写了大半年，只完成了计划的一半，有二十多万字。接着赶上唐山地震，家中别无损失，唯独我在逃难之际把记有故事梗概的本子给遗失了。此后母亲和我得到大哥的女朋友（即我后来的嫂子）的帮助，在她上班的工厂的抗震棚里住了一个月，这小说的写作也就中断了。

在此之前，我的一部分兴趣已经转向写诗了。这里要提到过士行，他本是我二哥的棋友，同时喜好文学，于是和我也有些来往。一九七六年春天，他说颐和园有株紫玉兰开花了，约我一起去观赏。看过之后，又往后山和西堤一走。颐和园最近十几年我没有去过，听说修复了苏州街，但我想这么一来，当年后山那种残缺之美也就无从领略了。西堤更不知弄成了什么样子，那时可是一湾浅水，几树衰柳，有些荒野情趣的。玩了一天之后，我们相约要写诗以为纪念。我已经读过一些诗，其中包括父亲的两本集子《故乡》和《初雪》，对他创体的八行诗很感兴趣，于是就用这种形式写了五首小诗，凑成一组。这是我学习写诗的开始，得到过士行不少鼓励，他该算得我这方面的第一个读者。顺便说一句，这时正是"四五"前后，可是我被写诗吸引住了，一共只去过一次天安门广场。八行诗是押韵的，母亲特地为我抄过一部《诗韵新编》，整整抄满两个笔记本，我由此得到不少便利，"京韵十三辙"也就烂熟于心了。后来母亲还用毛笔给我抄过一遍《老子》，那时她练的是苏体字。

那年父亲本来是要回家来的，可是刚刚抵达武汉我伯母家，就听到唐山地震的消息，只得停留下来。我在抗震棚里的生活实在太苦，于是去武汉投奔父亲。我随身带了父亲谈小说的那些长信，他订为一册，题为"管见集"。《管见集》与《创作断想》以后一直留在父亲身边，一九九三年他罹患肝癌，姐姐和我去接他，在他的客厅里住了几个晚上。半夜我起来翻找父亲的稿件，看见了这两部稿子。我稍一犹豫，放回了原处，只带走了后来编为《沙鸥谈诗》的那些文章。于是它们的下落也就不可问了。在武汉我们不大谈论小说，兴趣都在诗上，这多半因为我的堂兄王亚非也在学诗。他在一个文具店当店员，已经写了好几年了。我在武汉住了一个多月，与他相处甚为投机。王亚非的文学观念与时代多少相左，记得曾经在给父亲的信中讲报刊上发表的都是"庙堂文学"，而为父亲大加批评云。他写过一组共计一百多首的诗，带些忧郁色彩，个别篇章则近乎阴暗。相比之下我写的却要明朗得多，可能尚且缺乏人生体验罢。说来我写诗不比写小说，始终未曾以正统观念自行约束，而单单是要表现一点美感而已。除了受父亲很大影响外，最喜欢的是王维和杜牧，写的正是那一路游山玩水之作。此外还有李后主和李清照，我有一本《南唐二主词校订》，王亚非替我借来《全宋词》，我从中抄出了全部《漱玉词》。两位的作品十九能够背诵。在武汉我们陪父亲到长江边和东湖等处游玩，都写了诗。此前父亲写诗都是秘不示人的；这次写的是山水诗，我也就有机会看到了。

十月，我随父亲溯江而上，历时五天，来到重庆。船到宜昌停泊一夜，父亲忽然牙痛难忍，我们上岸去找医院，好容易打听到一家，却不见一个人影儿，穿过一条长长的走廊，老远才有一盏昏暗灯光，这番历险经历，回想起来仍历历在目。轮船沿途停靠码头，我们都要下来走走。当时去过的奉节、万县，不少景观现在都因修三峡大坝而淹没了，最可惜的是石宝寨只是遥望，未能登临，据说如今成了江中"盆景"，也就没有当年的险峻和奇绝了。在奉节爬上一坡梯坎，父亲向一个小孩问路，回答说"稀拽拽的"，父亲便向我赞叹四川方言何其丰富。说来他的情绪表达总很真诚，同时也总是有些戏剧性的。一路景色奇特，我们各自写诗三十多首，到重庆后，父亲专门抄成一册，他写了序，我写了跋，取名"二人集"。

在重庆一住三个多月，我每日里无事可做，除了在城里闲逛外，就是写诗了。一共写了三百多首。我住在新民街的姑妈家，那是一个贫民窟，邻居几乎家家都有犯罪前科，很多人卖血换钱，为的只是买件衣服。重庆供应又特别匮乏，每月发一大张纸，上列各种数字，分别是糖票、肉票、肥皂票、火柴票……，某一数字并不专门对应某物，月月都有变化，在商店门口现行公布，稍不留神就会错过，所以一到月初大家都挤在那里抄录。最令人向往的事情便是能有肉吃了，我们去造访亲戚朋友，一顿便把一家人整整一个月的供应给吃掉了。也有集市，但是贵得惊人，最好是用粮票交换，大概三十斤粮票可以换一只母鸡，而一斤粮票值七毛钱，地方粮票比全国粮票贵一些。有一次和父亲去赶集，有人用一个小孩换了七十斤粮票，回家路上我忽然发现父亲在流泪。天气渐渐冷了，常看见几乎赤身裸体的乞丐蜷缩在小吃店熄了火的灶坑里取暖过夜，满身污黑的样子令我震惊。我在北京的生活虽然也不宽裕，但毕竟不大知晓世事，此番在重庆算是看到了人生真正的一面。然而这对我的影响或许还在多年以后罢。在重庆另一个重要收获是认识了廖若影，以后我对古诗略有心得，很多得益于他的指教。

我在重庆写的诗内容杂乱，其间逢着"四人帮"就缚，大家都去街上欢呼，父亲和我为此各写了不少诗，也曾抄录一册，仍是他写序，我写跋，题为"十月集"。父亲这两篇序各有三千字左右，分别题为"风景诗断想"和"政治诗断想"，其实是两篇论文，但都没有保存下来。后来我把自己在重庆写的诗订成一册，取名"山城集"，送给他看，他把修改时的感想写成一篇《改诗断想》，也算是序言，这篇还在，我给编进《沙鸥谈诗》里了。这可以看作是父亲对我的一番嘱咐，只可惜我写诗太匆忙，又不用心修改，未免辜负他的期望，就连他亲手订的这几个册子也都不见了。

离开重庆后我又去成都，在那里和在火车上都写了些诗。回到北京已是这年年底。此后仍然断断续续地写诗，也曾与过士行互相唱和，但主要兴趣已转回到那部写了一半的长篇小说上。重看一遍旧稿，觉得一无是处，于是连故事都重新编过，一切从头开始。小说原本没有题目，现在取名"枫叶胡同"。那会儿我很醉心于巴尔扎克的《人间喜剧》和左拉的《卢贡-马卡尔家族》

那种多卷本长篇小说，尤其是人物穿插互见，内容涉及社会各个领域，自己不揣冒昧地也想学着写，就把这部小说算作其中第一部，当然这是不知天高地厚的妄想，我哪儿有那么多见识与生活可写呢。但从这时起，我总算开始独立自主地写小说了，虽然写出来的东西是与过去一样的糟。其间我去过一趟保定，又起念要把关于小说的一些想法写成文章，这在我也是平生第一次，大概写了两万多字，就中断了。

《枫叶胡同》写到一多半，传来了即将恢复高考的消息，只好先把这件事情停下来，集中精力准备考试。说实话我对高考并不抱太大希望，一来没有经验，二来以当时的家庭背景，考上也不相信会被录取。所以考完四门功课，从次日起就又接着写我的小说。一个多月后收到了北京医学院（后来改名北京医科大学，再后来又并入北京大学）的录取通知书，但是入学要到次年三月。我利用这段时间把小说写完，分上下两卷，一共有三十多万字。这小说后来曾由父亲交给他的一位当编辑的朋友看过，却只是说我替其中一个人物写的十几首诗很不错。我知道这次写作又失败了。

上大学之后，功课很忙，除了偶尔写几首诗，差不多算是与文学暂时告别了。一九七九年春夏之际，父亲恢复工作，路过北京去哈尔滨。有些报刊向他约稿，他附带寄些我的诗去。放暑假时，我去探望父亲。就在那个月里，我有两首小诗被广东的《作品》刊发了，一首叫"怀老舍先生"，那时他还是我崇拜的偶像；一首叫"给一位诗人"，那诗人即是艾青，我曾随父亲去看他，后来写了首诗寄去，他没回复，但是后来我看到一本《艾青传》，抄录这首诗的全文，却说是"一个孩子"写的。第一次发表作品毕竟令人高兴，我用稿费买了一支钢笔送给父亲，去刻字店在笔杆上刻了"飘飘何所似，天地一沙鸥"一行小字。这是因为我听父亲讲过，当年他第一次拿到稿费，给我祖母买了一副手套。说来此前七年间我总共写了一百万字，在自己从来未与"发表"联系在一起，这都是因为父亲的支持与鼓励。当时所署的笔名"方晴"也是他给起的——"方"是因为我的小名叫"方方"，"晴"大概喻指当时的政治气候罢。我却不很喜欢，觉得有点文弱，但是后来我自己起的"止庵"其实也不好，只是作品发表多了没法改了。我倒想什么时候出个"止庵集"，径署本名，也就顺理成章改过来了。我在哈尔滨见着不少文艺界的名人，如艾青、萧军、秦牧、王朝闻等，但是对我来说，更有意义的是得到当地一位小说家屈兴岐的帮助，到伊春和五营去了一趟。这也是当年父亲写《初雪》时去过的地方。我还记得在屈家吃的现采的黄蘑馅的饺子，还有午餐肉罐头不用起子打开，而是用斧子一劈两半。伊春不知怎的让我联想到盖达尔在《学校》开头描写的教堂钟声四起的"我们的小城"，现在也许完全变样了罢。此行去的原始森林和汤旺河都给我留下很深印象，回到哈尔滨后，写了一组诗。诗虽然已经写了几年，但到这时我觉得稍微有点像样儿了。其中有一首《黄昏》，迄今我也还喜欢。在哈尔滨父亲有空就给我讲诗，多年后我把一部分笔记整理成《谈诗三题》，编入《沙鸥谈诗》，也算是一番纪念罢。

以后我陆续写了一些诗，陆续发表了出来。两年之间发表了一百多首。其中有一个小组诗《朋友》，还得了南京《青春》杂志的奖。这是描写诗人江河的。写到这里又要附带插一笔，略述一下我与几位"朦胧诗人"的交往。一九八〇年王亚非来北京，不知通过什么关系认识了北岛、江河、杨炼、顾城和舒婷等人，也把我介绍给其中几位。北岛和舒婷没见过，顾城只在江河处有一面之缘，再就是一同去买过一两次书，几乎没有什么印象了。他有名的《一代人》已经发表，说句老实话有点儿浅薄，因为"黑夜"与"光明"未必能够分得那么清楚。舒婷的《致橡树》就更是如此。还是北岛深刻些，将他的《一切》和舒婷的《这也是一切》加以比较就看出高下之分了。我后来产生种种怀疑意识，北岛大约是启发者之一。的确很少有人这么早就注意到了这一点。来往较多的是江河和杨炼，而江河更为熟悉一些，他住的宫门口横胡同离我在羊肉胡同的大学宿舍不远，所以时常去拜访他，到现在仍然是很要好的朋友。"朦胧诗人"那时大多还处于光明时期，作品其实相当正面。"朦胧诗"对我没有产生影响，这时我写的都是八行诗，很拘谨，尤其是总要事先设定一个情景，这种约束不打破，诗很难写得自由自在。一九八一年春天我又到重庆、成都、武汉和江南一带游玩，共得诗二百余首，都是八行诗。父亲曾说八行诗中他尝试过各种分节排列形式，有二、二、二、二，四、四，二、四、二，一、三、一、三，八行不分节等，这时我又给添上三、二、三这一种。此类形式探索并非无益，目的是实现最佳表现方式和最大可能性，即如父亲所说："由于情绪及素材组合的不同，在八行的排列上也应该变化。"(《从八行诗到"新体"》)但是八行诗这一形式到此也算写得烂熟，不复觉得有什么意思，于是就停笔不写了。

一九七八年八月一日，我家出了一件大事：二哥突然离家出走了。他留下一部《中国围棋史》的稿子。以后为谋出版，我重新改过一遍，原稿有十万多字，大约删减了三分之一，行文也变得较为通俗，题目更为"中国围棋史话"，于一九八七年二月面世。署的他为自己起的笔名"见闻"，表明仍是他的著作。八十年代初我写了几本日记，差不多都是读小说的感想。后来把稍成片段的抄成一个小册子，题为"一念之差"，约有五万字。这稿子拿给一位小说作者看，退了回来，说是太过杂乱。这话未必没道理，说来我对小说的意见，要到多年以后我已不大看小说时才算稍稍完整一些。与此同时，我也写了一些小说。先是中篇小说《四合院》，五万多字，描述"文革"起始一个月中我家的遭遇，完全是写实的，寄给父亲，他提了一些修改意见，我不很同意，就放下了。一九八二年，和姐姐合写了一部小说《结束或开始》，寄给一家杂志，回信说可以刊用，不过要压缩一半篇幅才行，我觉得未免过分，也就没有发表出来。这小说取材于姐姐的经历，她写了一稿，我写的二稿有十七万字。

我自己写的一个中篇和十多个短篇倒是都发表了。我一直没有兴致重看过去的东西，回想起来，其中几篇运用北京方言的，是老舍影响最后的遗留，写得相当肤浅；几篇写个人感情的，内容也很空虚，不过有一篇《世上的盐》（发表时被编辑改名为"失味"），是写发生在北戴河海边的一段爱情体验的，文字倒是很美。中篇小说《喜剧作家》写在一九八五年，是较为用心之作，这小说本来有个标准的通俗小说框架，我却写成现代派作品了，五万多字都是人物的意识流。承蒙蝌蚪的推荐得以刊用，但是有所删节，有一大段运用罗伯-格里耶《快照集》那种过细描摹"物"的笔法，写时颇有些得意，却被删得只剩下几句了。我喜欢读作者态度克制的小说，一九八六年自己也写了一篇《墨西哥城之夜》，篇幅很短，字面之外的余意较多。我还写了一篇《走向》，受莫里亚克影响较大，在我的作品中是最有诗意和激情的，原计划写很长，但只完成了开头一部分就停笔了，时隔多年，我已忘了情节接下来如何进展了。此后我大量读周作人的作品，随即对小说这种形式有所怀疑，主要是感到描写这种方法总归难得自然。我读小说，觉得英国的绅士作家一派如格林、毛姆等倒还舒服些，而更合乎我的理想的是日本的井伏鳟二，他的小说很少有情节因素，已经接近于随笔了。一九八七年写的《姐儿俩》，便是我由小说转向随笔的一个标志，极少描写而多用叙述，但是不大被编辑接受，几经波折，才由父亲介绍发表出来，可是不知怎的把结尾一小段给删掉了，主人公也就没有了收梢。这是我迄今所写的最后一篇小说，为此曾写一封长信给父亲，日记里略作摘抄，末尾有几句总括的话："我有几点爱好，这几年一直坚持着，一是不介入，所谓平和原是基于此的；一是相信细节的力量；一是质朴，这既是对语言也是对结构的要求；一是情节与人物命运有种向着某个方向进展而不可挽回的趋势。这些都只是爱好，没有什么理论依据。"我写小说的经历也就到此为止。当然设想也还有不少，曾经打算以大学生活为题材写一部长篇，后来又编过一个复仇故事，都记有大量的札记，可是到底没有写出来，也就不必多说了。一九八六年春天我在苏州待了一个月，给母亲写了两封长信，各有一万来字，后来整理为一组游记，取名"姑苏一走"。游记本无足道，但文字与此前确有不同，开始变得朴素，也略带涩味了。

江河在八十年代中写了《太阳和他的反光》和一些爱情诗，曾经把初稿寄给我看，《反光》亮色很重，或者说过于向上，像我始终喜欢不起来的贝多芬；他那些爱情诗却很优美深沉，对我颇有启发。从前在报上看过一则征婚启事，有两句云："右耳听力微损，但不影响轻声交谈。"我很感动，觉得有种近乎绝望的柔情。江河这批诗作，也给我类似感觉。他也是给过我很多影响的人。一九八六年夏天以后我们有一年多没有来往，正是在这期间蝌蚪自杀了。我和她也是好友，有一回还谈论过自杀的话题，所以她的死对我震动很大，甚至有种负疚之感。以后江河去到海外，我们继续通信，通电话。说来这对夫妇是我常常怀念的朋友，我曾分别为他们写过《记旅愁》和《蝌蚪纪念》的文章。

一九八五年初，我认识了父亲的朋友沙蕾，他是一个老现代派，而且更为纯粹。至少一部分是因为听了他的劝告，父亲和我以后分别改变了诗风。沙蕾死后，我的悼念之作《诗人之死》，就写法而言与以往的已经完全不同了。

一九八七年四月，我一趟趟地到沙窝的传染病院探视一位病人，每次都要穿过整个北京城。坐在公共汽车上，忽然想起写诗多年，一直没有像点样子的东西，不如用心写一篇罢。这样就写了《骊歌》。我的确有告别之意，首先是与自己的文学生涯告别。这组诗颇具自传色彩，写完之后意犹未尽，于是决定把它算作一个更大的组诗的一部分。九月我又写了《月札》，较之《骊歌》更具些现代性，但是观念都被粉碎了。一九八九年一月写了《日札》，却是转到了相反的方向，更追求意境，如果另取一个题目，可以叫作"古意"。其间到郑州玩过一趟，戴大洪陪我去了开封、洛阳，看到龙门石窟的卢舍那大佛，那时污染不多，面部还很干净，我为其如此正大端庄所震撼，曾打算写一首长诗纳入组诗，可惜没有完成。后来想定整个作品共包括四部分，但末尾一组却迟迟写不出来，其间无论我还是世界都有太多的变故。直到一九九三年四月，才用一个星期的时间写了《挽歌》。我在公司上班，那几天里神情恍惚，完全沉浸在诗意之中了，这在我写诗的生涯中还是第一次，但也是最后一次。《挽歌》形式与前三组稍有不同，由短章变为长篇，也许该得如此，所谓"行乎当行，止乎当止"。写完《挽歌》，关于我自己，关于这世界，似乎也无须再以诗或别的文学形式说什么了。当时最喜欢的是贾岛和李贺，他们的韵味在整个作品中明显表现出来。可能还有圣-琼·佩斯和埃利蒂斯的痕迹。但是换种眼光，也许受到卡夫卡的影响更深一些罢。的确相当长时间我都有个错误的想法，即认为只是世界上的某一部分不行；到了很晚才明白，这世界整个不行了。我为组诗起个总的名字，叫作"如逝如歌"。找了两句现成话作题词，说明这个题目的出处，一是《论语》里的"子在川上，曰：'逝者如斯夫，不舍昼夜。'"一是《诗经》里的"啸歌伤怀，念彼硕人"。这样好像我有个"硕人"要予以歌咏似的，真人老实讲还不曾找到，或许是一个臆想的影子罢。

我的所谓"创作生涯"说来就是这样，实在乏善可陈，顶多算作一份失败的记录。前后二十年工夫，写了这许多字数，如果勉强要说有何收益，那么也就是一点，即一管笔因而比较听使唤了，如果打算描述什么不至于太过犯难。更多的好处还是在相反的一方面：无论小说，还是诗，虽然没写出什么玩意儿来，总算是对文学这件事情大致有所了解，也就是知道其特色所在，——

既然是特色就不是普遍性的。所以后来弄非文学的东西，譬如现在所写的随笔之类，便不一定非得要往文学上靠拢，那种把文章写得像是小说或诗的样子，我觉得大可不必。而遇见有人以"才情"要求随笔，就觉得有些好笑，心想不如去读诗罢。我有一句话叫"诗文有别"，其实是自己的经验之谈。

[补记]我一九八〇年代写的小说，二〇一六年选编为《喜剧作家》一书出版。至于"后来又编过一个复仇故事"，多年后重新酝酿，二〇一九年七月起手写作，到十月完成初稿，即长篇小说《受命》，于二〇二一年四月出版。

第三章　师友之间

在这里我要记述几个人，他们先后对我的阅读和写作产生过重要影响。第一位是我的父亲沙鸥先生。我对父亲开始有印象，是在一九七〇年，"文革"后他第一次回家，那时才四十多岁，人很瘦，头发很黑，梳向一边，总爱穿一件蓝色的中式罩褂。我还很不懂事，不知怎的对家里忽然出现的这个陌生人颇为抵触，记得有一天他买了一包炸鱼，其中一个鱼头特别大，我竟疑心有毒，拿筷子扒拉来扒拉去，气得父亲把它一下子扔到门外去了。大概是因为父亲讲的那些故事，才使我们变得亲近起来。而此后二十几年间，我们在一起相处的日子加起来也没多长，一直到我三十五岁那年，他因病去世。如果要讲对父亲的印象，那么"诗人"二字庶几可以概括一切，他的很多行事也只有这样才能得到理解，这并不是要辩护什么，人已经作古，无须乎任何辩护了。父亲的诗人气质几乎表现在所有方面，古诗所谓"座上客常满，樽中酒不空"和"敏捷诗千首，飘零酒一杯"，都可以拿来形容，他好客，好激动，好凑热闹，好管闲事，好为人师；文思又特别来得快，下笔千言，毫不费力。他的一生，也可以用古人关于"沙鸥"的两联诗词来描述，即早年志向有如杜甫的"飘飘何所似，天地一沙鸥"；而后来心境则好似辛弃疾的"拍手笑沙鸥，一身都是愁"了。

父亲自己的著作"文革"时与藏书一起被抄走了，他又从朋友处找到一些，留在家里，成为我最初的文学启蒙读物。我开始写的几百首八行诗，明显受到他的影响，而且几乎每首都经过他的修改。从另一个方面讲，我对他的创作历程和作品也比较熟悉。父亲从一九三九年起手写诗，最早几年的作品我读得很少，据他在《关于我写诗》里介绍，"我在苦闷中写诗，用诗来表达自己的苦闷"，"我写得很认真，也还美，只是没有特色，没有我自己的个性"。他有特色和自己的个性，还是从一九四四年写四川方言诗开始。我读到的《农村的歌》（一九四五）、《化雪夜》（一九四六）、《林桂清》（一九四七）和《烧村》（一九四八）这几本集子，都是此类之作。诗中描写四川农民的苦难生活，曾经使我深受感动，特别是那首《红花》，多年后我还专门写过一篇鉴赏文章。当然现在看来，用方言写诗，在艺术上不可能是多么有价值的探索。父亲一九四九年以后写的十来本诗集，像《第一声雷》（一九五〇）、《天安门前》（一九五三）等，后来他认为都是失败之作，我当时读了也不大感兴趣。记得有一次王亚非提到父亲的名篇《太子河的夜》和《做灯泡的女工》，我把诗找出来，父亲看过，带点诧异地说，好像也没什么意思啊。

到了《蔷薇集》（一九五七）出版，父亲的诗风才有变化，收在那里的《海》《海鸥》等已经是很精美的八行诗了，但这本书有些杂乱，好诗不多。他自己最喜欢的诗集还是《故乡》（一九五八），我不知道读过多少遍，有些篇章还能背诵。《初雪》（一九六三）是另一本父亲自己喜欢的集子，我也反复读过。《故乡》和《初雪》从它们写作的时期来看，应该算是异端了，虽然所收并不都是精纯之作。比较起来，《故乡》比《初雪》更整齐，也更美。这两本书向我展示了这样一位诗人，尽管有着时代深深的烙印（这在我当时的意识里并非一件坏事，甚至是无可置疑的前提；改变这一看法是多年以后的事情了），但仍然恪守着一条艺术的底线，也就是说始终不放弃对美的追求，不忽视诗与非诗的区别。我觉得这是最重要的。

父亲所写的《谈诗》（一九五六）、《谈诗第二集》（一九五七）、《谈诗第三集》（一九五八）和《学习新民歌》（一九五九），是我最早接触到的诗歌理论著作。里面有不少批判文章，父亲在"文革"中已经一再对我说不该写的，其他文章现在看来所谈也不算特别深入，但是其中对若干诗作（特别是几首唐诗）的具体分析，却给了我很大启示，以后我读古人的诗话、词话，悟得文学批评的一条路径，就是由打读父亲这些文章起步。父亲教过我写小说，写诗，却从未教我写文章，他的文章的布局和行文与我也不特别合拍，但是上述这一点的确是效法他的。换个说法，父亲教给我一种细微体会的读书方法，无论以此读诗，还是读别的东西，都很适用。

父亲写诗很快，但总要反复修改，这用他自己的话来说，就是"随意写诗，刻意改诗"。他留下几个写诗的本子，上面用不同颜色的笔写满了修改字样，有时一首诗经过多次修改，最初写的剩不下一句半句了。这是父亲在艺术上特别认真之处。除了《如逝如歌》，我写诗大都很粗疏，曾经多次为他所批评；我明白反复修改的意义，是在很久以后。至少对我来说，有相当一部分语感是靠修改得来的，放弃修改也就是放弃语感。古人说"吟安一个字，捻断数茎须"，何以要谈到"安"呢，实际上就是获得了语感的最佳状态。父亲对我最大的影响，即在上述这三方面，即对艺术底线的恪守，细微体会的读书方法和反复修改的创作习惯，我因此而终身受益。

关于所读到的父亲的作品，不妨多说几句。父亲有两部叙事长诗的稿子迄未出版，其中《奔流》写在一九六四年，有七千多行，内容我已记不真切，他自己后来也不大提起；《丁家寨》写在一九五九年，有四千多行，描述三十年代四川农民的一场暴动，现在我仍然觉得，这部作品当年因故未能印行实在可惜。这是父亲根据他一九四九年出版的同名三幕五场诗剧重写的。家里有一部这后一稿的油印本，我多次阅读，知道真是父亲的用心之作。说来我试验过多种文学形式，唯独不曾练习写作叙事长诗，不过从读《丁家寨》起，倒是读了不少此类作品，比方普希金与拜伦所写的那些。一九七九年我曾劝父亲想法子把《丁家寨》发表出来，他看了一遍说应该略加修改，但是只改了一个头儿，就放下了。他去世前夕，有一次我提起这部稿子，他很是黯然，不胜惋惜。父亲六十年代还写过一部长篇小说《三个红领巾》，主人公是一个乡村女教师，这稿子是我当年的重要读物，我写小说也以此为学习对象。阅读父亲作品对我的帮助可能还要大于他亲自给我的指教。一九八〇年他应一位编辑朋友（就是看过我的《枫叶胡同》的那位）之约，把这小说修改一过，更名《两个与三个》，准备出版，但这朋友在松花江游泳时突发脑溢血死了，出书的事情也就耽搁下来，现在连稿子也不知下落了。

讲到父亲和我在文学上的关系，"师友之间"其实是最恰当不过的话，而具体说来，大约以八十年代初为界线，此前我们更像师徒，此后则更像朋友。父亲曾经非常正统，无论思想意识，还是文学观念，可以说除了始终重视美之外，他原本是那个时代里一个合乎要求的"文学工作者"。八十年代初我思想上发生一些变化，接受了现代派的文学观念，于是与父亲不复一致。我写过许多信陈述我那些越来越离经叛道的看法，还曾寄了许多现代派作品请他阅读，其中包括后来他取法颇多的意象派和超现实主义的诗作。主要是由于际遇的变化，其次是因为我的劝说，父亲在八十年代中期艺术观念发生了根本变化。当然也还有来自别处的影响，譬如沙蕾四十年代写的那些诗。关键有两个问题，一是写什么，一是怎么写。后一问题具体说来，就是是否要放弃八行诗。父亲七十年代用八行诗写出很多精品，一九八一年出版了一本《梅》，但此后就进入衰落期了，寄来的新作，特别是写所谓"农村专业户"的诗，我觉得实在不好。一九八五年十一月，我去成都出差，他特地从重庆赶来，都住在诗人王余家，但王余并不在，是他的儿子王晓星接待的，我们共谈了十天，以后父亲在《从八行诗到"新体"》中说："我创作上发生重大突破的契机是一九八五年冬在成都与方晴的一次长谈，结果是我从此放弃了八行体诗，而开始写我自称为'新体'的现代诗。"放弃八行诗只是表面现象，实质是放弃了传统的描摹现实的创作方法，主要表现对象由客观世界转向了自己的内心世界，特别是情感世界。这里我的确起过一点作用。说来也有意思，我的艺术观念更新了，成果最终不是落实在自己身上，却落实在父亲身上。我自信是父亲最好的一位读者，确实知道他写诗的才华，我不愿意这才华被埋没了，而希望能够尽最大可能地表现出来。如果说我与文学前后打了那么多年的交道，也有过一点贡献的话，那就体现在这里了。

父亲是异常聪明的人，在成都我们刚谈出个眉目来，他已经开始写"新体"诗了。此后的九年时间，他共写了七百多首，而且越写越好，最后的组诗《寻人记》，我以为堪称中国新诗史上的杰作。长诗《一个花荫中的女人》也是非同凡响的。这期间我们见面，通信，谈论他的创作比谈论我的更多。如果没有"新体"诗的写作，父亲的文学成就恐怕要差不小的一个层次；到他去世时，我觉得作为诗人他是完成了的，而且毫无愧色。对自己在这其中所起到的作用，我长久都有一种光荣之感。父亲去世前两个月，收到出版社寄来的《寻人记》样书，他送给我一本，在扉页上写道："人生长途，知之者晨星耳！"

与此同时，父亲当然对我也很关心。他病势已深的时候，还就《如逝如歌》和我谈到半夜，我清楚记得他说过"应该为读者理解你的意象导航"的话。我刚动手写随笔不久，他就来信说："你的随笔，我也希望尽快写一百篇，这本书很重要，得有适当的'厚度'。一百篇大约十五万字，或多一点，正好。题材还可再放开一点。从全书来考虑，争取达到一个'博'字。"（一九九三年二月十八日）正是因为有父亲的鼓励和督促，我在九十年代才重新将精力转向写作，但那已是在他去世的前夕了。父亲临终前对我说，我对你的未来是放心的。这句话分量很重，我只有以此自勉，走完不再有父亲同行的人生之路。

父亲去世后，我编选了《沙鸥诗选》和《沙鸥谈诗》，都在一九九六年出版。两本书加起来有八九百页，父亲一生的主要著述大致收录在内。当然并非没有遗漏，譬如《沙鸥谈诗》出版后，就中《谈诗书简》的收信人又提供给我父亲若干专门谈诗的信札，有如一批小论文，但是也就无缘加入。另外一位朋友也寄来父亲不少信件，原本可以选辑为《谈诗书简之三》。两本书面世后，虽然均已售罄，然而几无反响。我知道父亲已经不是一般受众的关注对象了，对此我深感遗憾，但也无可奈何。世事无常，俟以来日——我所能说的也就是这个了。

　　第二位是廖若影先生。关于他，我先是在《关于写信》的附记里写过一点感想，后来又专门写了一篇《记若影师》，这里只能略作补充。其实我一共只和他见过两面，分别是在一九七六年冬天与一九八一年春天，乃是随父亲到重庆南岸他的家中拜访，各停留半日，未能深谈，此外只是通信而已。先是我去函问候，一九七七年一月十六日收到第一封来信。我与他年龄相差五十二岁，却是同辈，故称之为"老表"，他则呼我为"弟"。到一九八三年十月二十五日为止，其间共收到来信六十七通，除一封丢失外，我都好好保存着。此外又有给我父亲的两封信，也存留我处。给我父亲写信用文言，无标点；给我则用白话。我爱读古诗词，有疑难处便向他提问，所以这些信的内容十九是谈诗的，又以技法方面为主。我当时浅薄浮躁，所提问题天南海北，漫无边际，他却毫无怪罪之意，尽量予以解答。最近我重读一过，仍然觉得新意满眼。其中又以对古人某些诗作的会心理解最为精彩，虽然话说得平易朴实，但细细品味，感到非有一种特别悟会，不能道及。

　　例如一九七七年五月七日来信说："至于用字的问题，这就在一句诗里面关键地方的字要斟酌，要推敲，要千锤百炼。比如唐朝贾岛有一首诗里面有一句是'僧敲月下门'，这个'敲'字，据说当时他是经过一番推敲工夫的，原来这句是用的一个'推'字，经过他反复演试，就觉得'推'字不如'敲'字好，故决定改为'敲'。我们试想，在月光下一僧归来，寺庙的门早已关闭，敲就有声，敲它几下，里面就会有僧出来打开，这种情味是真率而如见的，倘用'推'字，既无声，便直切了当，自己将庙门推开进去就是，这样便索然无味了。这是用字的关键地方和妙处，故诗能做到千锤百炼，始可臻于妙境。您来信引用的几则妙句，'牧童遥指杏花村'，这必须有上一句的'借问酒家何处有'才把这下一句逼得出来，不然如何见得这句诗的好呢，又如'春色满园关不住，一枝红杏出墙来'和'粉蝶纷纷过墙去，却疑春色在邻家'，都是上句逼出下句来的，这就是手法和描绘艺术上高深的问题，也就是说在即情即景下，通过心灵写出来的一种妙句，这里值得注意的，就是'春色满园关不住'的'关'字，与'却疑春色在邻家'的'疑'字，是关键字，是要经过推敲的，在用'关'字和'疑'字后，就能把上下句及整首诗的神情传出来。一首诗的名句只能有一句或两句，不会全首有，从来的诗也不会每首都有名句的，名句就是一首诗的精华，好诗能留传就在于此，上面举的诗句，如我们试试改换其他的字加进去，恐怕情味就不一样了。"这里虽然是针对炼字而言，内涵却是对诗的意境的深刻体会。尤其关于"推""敲"的比较，已经涉及意境问题最关键所在了。

他对古人某些诗作的解释，虽然不关乎理论问题，但也别有精义，例如一九七九年十月二十四日来信中所说："《无题》二首（按指李义山之"昨夜星辰昨夜风"和"相见时难别亦难"）是艳体。第一首内容是作者回忆昨夜与所恋之人同席饮酒，追思爱慕的情况，诗意的首尾句子是连贯的，现把其中字句简略注释如下：'画楼'指恋者所居的地方，第三、四句是说彼此的心是心心相印的；'灵犀'字义，据说犀牛是一种灵兽，它头上长的角有一条白纹，由角端通向心脑，很灵敏，故称'灵犀'；第五、六句诗的'分曹'二字是指射覆的双方，'送钩''射覆'都是古人饮酒时行的一种'酒令'游戏，犹之今人席上饮酒使用'划拳''猜子'的情况差不多，也是一种酒令，不过今与古形式不同而已；末二句，古时候宫廷在天明前须击鼓撞钟，官署则须击鼓，以表示将要上朝或入官署的信号，故有'嗟余听鼓应官去'之句，'兰台'即御史台，这里泛指高级官署之称，义山一生过着幕僚生活，而其工作又屡迁不定，如飞蓬之转动，故曰'类转蓬'也，整个诗是表示对所恋者的一种爱慕心意。第二首的诗意比较明显，其中'春蚕到死丝方尽''蜡炬成灰泪始干'二句，属对最好，意最贴切，'丝'与'思'有双关意，用在这里更觉得有情味；末二句'蓬莱'是仙子所居的地方，把所恋之人比得很高；'青鸟'乃西王母的传信使者，这里嘱托青鸟：你去为我殷勤探看我想念的人吧。这首诗从表面看是前一首的继续，但我以为这首诗作者或另有所寄托，也许是对从前对他有过帮助的人的一种想念吧。"只有如此细心地阅读，诗的意味才能把握得住。凡此种种，对我都是颇为有益的教诲。

来信中往往附有诗作，前后约计百首。廖氏自署双景楼（当系从"若影"化出），可惜未能有一部《双景楼诗钞》行世。我倒是曾多次建议编辑，但均为他所谢绝，回信说所作未斟稳妥，尚须修改，所录诗作亦多注明"若影草"或"若影未定草"，而且确实不断地订正，或易数字，或易一句，是以此事终不果行。关于他的诗风，我每每想加以论议，但是苦于见闻不广，感受不深，未能下笔。此番重读他的来信，一九八○年八月四日有言："吾以为作诗一要有骨，二要能放，三要有神，有骨则有力，能放则豪情自生，有神则描绘自活，有此三者，庶几可以言诗。当然诗之内容亦极其重要，未可偏废。我虽然能写一点小诗，然自衡量，惜均未达此要求，可见作诗亦非易事。"若论他的诗风，正在这"有骨"、"能放"和"有神"上。以《江上逢渔者》三首最能代表他的风格："翠盖喧迎极浦风，芙蓉遍艳夕阳红。矶畔生涯君莫问，朝朝出没浪涛中。""长街卖却好鳞虾，购得盐薪越岁华。放钓回篙船满月，芦花深处便为家。""老去沙边一叶舟，笠蓑作伴度春秋。霜天纵钓西江月，不畏寒凝爱自由。"他也曾多次写诗赠我，这里抄录一首《答进文弟问难以诗赠之》以为纪念："学海无涯知有涯，事遇百遍达真知。唯君割席遗风在，自是青云韵上时。"

我与廖若影虽只见过两面，印象却很深，觉得他是一个严谨而和蔼的人。从他的信中，时而又反映出另外一面，盖"有骨"、"能放"和"有神"，诗品如此，人品或许亦是如此。如一九八二年十二月十四日来信，附有《邻家麦酒（即杂酒）新熟偶醉》一首："舍近西家不言遥，荒村何处买香醪。山翁酒熟邀有意，不辞新病醉春宵。"诗末有注云："这首咏酒诗，其实我对饮酒已早减少，甚至于不饮，但遇到好酒，还是想喝一点，喝得不多，一喝便醉，句中的'醉春宵'只是诗的一种写意，不必真的醉如泥也，一笑。'杂酒'系用豌豆、大麦、高粱合制酿成，先贮于小瓦坛内，泥封其口，待熟后，用时去其泥头，置于桌上，饮者各以麦管吸取之，别有一种风味。旧时市上有出售者，今绝迹，只有私家酿制。"此种潇洒风趣，可惜我未能当面领略；而此后只怕于别处更难得遇着了。廖若影于一九八五年逝世。前几天他的儿子敦忠忽然打来电话，说重庆南岸黄桷垭的故居还在，只是成了危房，已经没人住了。我还记得矗立山顶的那幢小楼，很想找机会再去看看。

第三位是沙蕾先生。我从前已经写过一篇《关于沙蕾》，这里所写也只是补遗了。沙蕾是我父亲的老朋友，和我相识前后只有一年半时间，他就死了。这期间他来我家做客至少在二十次以上，给我写的信加起来有一百多封，可以说是往来非常密切。可是要讲到他对我的影响，应该说主要是靠他四十年代写的那些诗，与他和我谈话写信没有特别大的关系，因为我们对人生和文学的看法并不相符。如果非要加以归属，沙蕾还是浪漫派或理想主义者，无论人生或者创作都如此，所以我们在一起争论的时候更多。我曾称他为"老现代派"，乃是就诗的写法而言，它们让我耳目一新；也许更重要的是这些诗的艺术成就所带来的震撼性，我（父亲大概多少也如此）简直是因之而猛醒了。沙蕾四十年代写的诗，不知道总共有多少；他在一封信中说曾寄给徐迟一卷手稿，共八十五页，大约就是全部了，后来发表出来的不过是一部分而已。沙蕾死后，我去他的住处，看到过一些诗稿和画稿，但是没敢乱动，只嘱咐他最后那位女友，一定要妥为保存。听说沙蕾的遗物都被他的后人烧掉了，如果这些诗作落得如此下场，那不啻是中国新诗的厄运了。关于中国新诗，我一向不大看好，因为最好的诗人始终得不到标举，沙蕾即为其中之一，沙蕾诗名不彰，新诗就很难说已经有了公正的标准。

父亲写过一篇长文谈论沙蕾的诗，题为"星斗在黑夜里播种"，后来编入《沙鸥谈诗》。这篇文章并非父亲的上乘之作，因为思路太过清晰，对诗的很好的感觉硬被纳入理智的框架里了。但这大概是迄今为止有关沙蕾唯一的一篇评论。沙蕾曾建议我为他写评传，我自认没有这份功力，但是他的诗的特色确实应该找机会讨论一下的。关于中国新诗，我想缺乏的是一条大家都义无反顾地愿意走的正路，也就是真正对美的追求；个别诗人的确注意到这一点，也曾有所尝试，但是都还有弱点，譬如徐志摩美则美矣，未免失之于肤浅；何其芳美则美矣，未免失之于陈旧；戴望舒取法稍正，然而好坏参半。沙蕾大概也是如此，他当然也写过不好的诗，但他那些杰作，如此美而深刻，美而新奇，实在很是罕见。这也正是他不能见容于中国新诗史的原因罢。

重读沙蕾给我的信，不禁对他充满了怀念之情。只可惜当时不能珍视，给他回信也总是给他对新生活的向往大泼冷水。我不知道那时已是他生命的最后一程了。我关于人生的看法，沙蕾无以改变，虽然他一再试图改变我；他在文学上的无比热情，却不能不说是对我的一种促进。整个八十年代，我在文学上实在很消极，因为和他这番交往，我不得不重新打起精神。他给我写信讲过很多鼓励的话。如一九八六年二月七日说："我们不该急功近利，应埋头写传世之作。我的好诗都是像你这样年纪写的，你赶快努力吧。和我做朋友我是很严格的，一定要对方写出好东西来。我同样也想念你们，但一出门就是半天，又那么远！等我看到你有精品时即来看你们。"此时我写了几篇小说，大约和他的"逼迫"有关，虽然别说"传世之作"了，就连及格都还差得远。沙蕾是自觉的诗人，也应该能够理解，光靠努力远远不足以解决全部文学问题。他自己又何尝不是如此。同年四月二十七日信中说："诗当然是要写的，可我实在写不过三四十年代时的水平，怎么办？"我因此揣想临终时的沙蕾，觉得他恐怕别有一种悲哀罢。

　　沙蕾有个看法，与父亲过去讲的不谋而合，我以为是很有见地的，见一九八五年八月十九日来信："如果我们将爱好的作家的作品翻来覆去地读，十遍二十遍地读，就会得到他的'真传'了。"这实际上是他的经验之谈，一九八六年一月八日信中说：

"关于写作，我认为还是要'师承'的，我写好诗，主要得力于梁宗岱译的《一切的峰顶》，我想你们除博览外，还得精读一最爱的作家的作品，得其神髓，在这基础上树立自己的风格。否则莫衷一是，难得成功。"以后我读周作人，读废名，似乎正是循着这个路径，可是那时沙蕾已不在了。

　　说来沙蕾这个人很认真，甚至认真到固执，但因而也就不无有趣之处了。譬如我们通信，经常讨论的一个问题是彼此之间如何称呼。他要我直呼其名，这在我是一个困难；一九八五年一月三十一日来信因此说："你称呼我名字的确是比较亲切的，假如你实在觉得别扭，那么就称呼我为'诗人'好了。"直到第二年五月十日来信，仍提及此事："'老沙'比'沙老'当然好，可是有一个'老'字，我是不大喜欢的。我们何不洋化，你称我为S岂不省笔墨?"我当时另外起了个"稗子"的笔名，他来信便这么叫我，他也因此而自称"沙子"。他否认有代沟存在，我如何回答的不记得了，或许是说"沟"可免而"代"不可免罢，他在一九八五年一月二十六日信中说："你说'沟'不存在，我当然相信；至于'代'，以现代派的眼光看来，可能也是一个框框，应该打破；时序可颠倒，那么，'代'似乎是不存在的。中国人所谓'忘年交'，'忘年'是打破了'代'，'交'是打破了'沟'。"

我曾说他"生意盎然"，由此也可见一斑了。

沙蕾逝世后十五日，我写了《诗人之死》一诗，以为悼念：

月光里有个声音唤着我

云朵都铺成海的波浪

GM：一阵黑色的风暴卷走了他的船

沙滩于是一半归于黑暗

一半归于月光；而月光

归于海，归于坟茔的涛声

所有的蚌在一瞬间都张开了

所有的蚌都吐出珍珠

AA：世界上所有的花朵都开了

　　为了迎接他的死

所有的花朵都开作黑色的风暴

为了卷走整个的海

SO：海底是冷寂的

　　像你苍白的床

月光里有个人在悬崖般的岸边

跳啊跳啊伸直了两只手臂

我的呼喊因有月光照耀

而变作黑色、变作冷寂

　　这里稍加注释："GM"即加夫列拉·米斯特拉尔，引句出自她的《死的十四行诗》；"AA"即安娜·阿赫玛托娃，引句出自她的《诗人之死》；"SO"即沙鸥，引句出自他的《哭沙蕾》。父亲的诗写在我之前一周，后收入诗集《失恋者》（一九九三）。

　　以上说到的三位，都是我的前辈；接下去要从同辈中挑几位讲讲了。按顺序第四位是王亚非。在我的文章里，大概要数"亚非兄"这个名字出现的频率最高。我也打算写一篇"与亚非兄一夕谈"，但是一直没有写成，或许因为这"一夕"真够长的，足足有二十多年呢。而我们之间一向谈论的，都是极其严肃的话题，旁人听来没准儿就要头疼。王亚非别有事业，就与我的关系而言，他应该算是我长年来的一个倾听者和确认者。我写了东西，尤其是自己觉得有点意思的，如果不拿给他看一遍，总归不大放心；而他所提出的意见又往往最为中肯。写完《如逝如歌》，我有机会去武汉出差，当时他正患阑尾炎住院，我把诗稿带到病房去，他看过之后我才觉得是完成了一件事。以后我写文章，经常在长途电话里读给他听，甚至包括《椠下读庄》的若干片断。

王亚非不弄文学已经很久，基本上成了纯粹的读者；但是在他所关注所思考的领域，始终保留着一个频道与我交谈，而交谈的内容却几乎都是由我来决定的，或者干脆说就是讨论我自己的写作问题。他这个人最严肃不过，有点儿不苟言笑，同时又特别随和，记忆里从来没见他生过气。说来我们的思想，无论人生观还是文学观，都不尽相同，但是他在上述交谈中，并不以他自己的标准来衡量我，而总是从我的出发点出发，看看我的设想究竟实现了多少，还有什么不足之处。他由此而提出不少具体的补充意见，我差不多都吸收在文章里了，所以从某种意义上讲，我将其视为我们的共同创作。

父亲去世前，特别想和自己的这个侄子见一面，一再问我他还没有来么，我觉得父亲是依靠这种期待多挨了几天；王亚非性格上有个特点，用他一句口头禅来形容就是"莫慌"，结果来晚了。倒是陪了我一段时间。我当时悲痛至极，他建议一起把父亲的诗选和论文选拟个纲目，也算是转移一下注意力罢。弄诗选时，我提出有一首写给我的《保定莲池》，父亲生前也喜欢，是否可以编入；他说这首诗艺术上稍弱，以不入选为宜。我找出各种理由，他很严正地说，不敢苟同。到现在我还记得他那个不容商量的神情。这些年里我们谈论文学问题，多有我喜欢而他不喜欢的东西，说来说去，总都归结到这四个字上。所以他一面是宽容，另一面就是不苟且。但也不是说他固执。他的看法也有不少改变，但一定要自己想通了才行，别人不能强加意见给他。记得将近二十年前，杨绛的《干校六记》刚刚发表，我推荐给他，他那时还喜欢杨朔，我们站在王府井书店门口，争了半天到底谁好，这问题现在想来简直可笑，当下好像谁也没有说服谁。可是后来他讨厌杨朔之流，只怕不在我之下罢。

前面已经讲过，一九七六年我第一次与王亚非见面时，他简直就是异端。所特别推崇的是两部书，一是《静静的顿河》，一是《文心雕龙》。给我写过一封将近两万字的信，专门谈艺术感受，其中大段抄引《静静的顿河》，详细加以分析。他其实始终是个人本主义者，所强调的是生命意识，我觉得他迄今大概受尼采影响最大。这如果拿中国传统的观念来比方，也就是"有"。而我则接近于"无"。所以我们很不一样。他读书也多用这副眼光，例如《干校六记》，他特别注意的细节是有个人淹死了，"我慢慢儿地跑到埋人的地方，只看见添了一个扁扁的土馒头"。他最推崇的风格之一是"饱满"，诗如此，小说也如此。前些时他从欧洲回来，和我谈了一次画，特别提到席勒、马克和康定斯基，大约还是因为合乎他"饱满"的美学观罢。有一次谈起他最喜欢的小说家，排列成三档：第一档只有一位，即陀思妥耶夫斯基；第二档有卡夫卡、博尔赫斯、卡尔维诺和肖洛霍夫（限定于《静静的顿河》的作者）；第三档有莫里亚克、蒲宁和昆德拉。我很推崇的福楼拜和罗伯-格里耶，并不在此之列。大约他的内心深处，比我要热一些，至少我喜欢的冷静与克制他不尽认同，但是他对我很能理解。有一回他来我家，几乎花了整整一个晚上讨论我的《如逝如歌》，说写得很是阴冷，这眼光确实有点厉害。

对王亚非我有句话可以在这里顺便一说，就是以他的文学修养，竟然始终没有写出一部有点分量的作品，未免令人遗憾。记得母亲也说，你怎么不登台，老是在那儿练唱。他很早就热衷文学，所做的准备也很多，很扎实，但是除了很长一段时间都在反复修改一组题为"黄昏的湖"的诗之外，好像并没有写过什么别的。说来父亲对他寄予希望最大，去世前一年，王亚非来京探望，还专门给他讲了十几天的诗，后来我把他的笔记整理成《夏日谈诗》，收入《沙鸥谈诗》里。从中可以看出，当父亲选择他为谈话对象时，谈话所涉及的层面最深。前边我讲他已经别有事业，但还是希望他至少能写一本书出来，以不负我们的期待。好在他还年轻，姑且俟之来日罢。

第五位是戴大洪。关于他我也写过好几篇文章了，如《挑书》《寄河南》，还有《"悲观的理想主义者"》。当年王府井书店每逢周日早晨才卖新书，一开门大家便排成长队，每种每人限购两册。有回大哥去晚了，托排在前头的他代买，二人因此结识。具体时间他已忘了，只记得第二或第三次见面时，大哥推荐了重印不久的福楼拜的《包法利夫人》，查阅这书印刷日期，是在一九七九年九月，那么是在此之后了。以后大哥经常向我提起这个人，可是我反应不甚积极，所以很长时间未能结识。这也没有什么特别原因，大概还是我的孤傲使然罢。一九八一年夏天，大学里的一个女同学托我做媒，我不认识什么人，忽然想起戴大洪来，当时他在北京工业学院读光学，于是托大哥去请他给介绍一位。我带着我的同学，他带着他的同学，在美术馆门口见面，然后我们俩就撇开这一干人，去到王府井买书。那次因为他的建议，我买了一套《巨人传》，这事情我还记得清楚。媒没有做成，我们却从此成了好朋友。

我曾把我们将近二十年的交往形容为"结伴买书史"，买书的事多很琐碎，但是他给我的影响，很大成分与此有关：我热衷于外国文学，特别是现代派文学，至少有一部分是因为他推荐我买和读这方面的书而产生的。他还促成了我对关于书的各种知识，包括写作年代、源流影响、作者生平等的浓厚兴趣。起先还局限于知识层面的了解，继而慢慢建立起一系列自己的看法，实际上这就是一种文学史的意识。当然最初我们希望多掌握一点东西，只是为的买书便利，不然怎么知道哪本该买，哪本不该买呢。不过那时这方面的现成书籍非常匮乏，已有的一两种也很粗糙肤浅，像《外国名作家传》这种玩意儿竟被我们给翻破了。戴大洪有一部英文版的《二十世纪世界文学百科全书》（以后我因他推荐也买了一部），他翻译了不少条目，很多事情都是由打这里知道的。一九八五年我们打算自己编一部《二十世纪外国文学家辞典》，已分别写出若干条目，但是规模太大，无力完成，遂改为编纂《二十世纪外国文学家台历》，挑选了三百六十五位作家，依生卒时间分别系于一年各日，每则约四百字，印在台历的一面上，大概不多不少。其中我只写了一小部分，所以应该算是他的著述。联系过几家出版社，都说有兴趣，但终于没能出版。稿子现在还留在他那里，去年中央台给他做节目，我在电视上看见了，有久别重逢之感。回想起来，这书有点意思的地方在于作家人选的取舍，经过反复商议才确定下来，现在回想起来也还觉得眼光不差，譬如非洲只入选三位，一是桑戈尔，一是索因卡，一是戈迪默，桑戈尔当时已经当选为法兰西学院院士，而后两位获得诺贝尔文学奖都还是以后的事情，倒不是说当院士与获奖足以证明什么，但总归有点"先见之明"罢。此外有些入选者如法国的皮埃尔·德里厄·拉罗歇尔，其实颇为重要，然而好像迄今这里出版的《外国名作家大词典》之类的书中仍无条目，更不用提翻译出版他的作品了。那时戴大洪在河南镇平，我们都是通信商量的。

那一时期，我们见面、通信，时常交流读书体会。我曾连续写了四封长信谈茨威格的小说，每一封都有六七千字。但是总的来说，戴大洪应该算是我的一个"沉默的朋友"。交流倒还在其次，彼此的存在已经是一种支持了。随便夸耀别人毫无必要，但他这个人美德确实很多，这里只拣对我有所触动的一点来讲，即他能够把对文学的爱好长期保留在单纯爱好的范围内，别无其他任何目的，为此不计代价，全心全意。我们相识时他还在上大学，每月四十块钱生活费，要拿出将近一半的钱来买书，一到星期天就骑着自行车满城跑，弄得有点营养不良了，记得母亲的一位老朋友在我家见到他，说这个人脸色怎么这么难看啊。为了买书他查阅各种资讯，包括《社科新书目》和《上海新书目》，备有一个本子，上面记载打算买的书将于何时何地出版，见面时他就打开本子一一告诉给我。毕业分配到河南后，北京举办过几种外国电影回顾展，他都专程赶来观看。多买少买一本书，或多看少看一部电影，其实都没有什么，何以一定要锲而不舍呢，大概"爱好"的真正意义就在这里了。我喜欢文学历时已久，总还不能舍弃一份功利之心；与戴大洪的一番交往，使得我多少减免一点急功近利的追求，至少也是"虽不能至，心向往之"，这是我所深为感谢的。

回想起来，这些年里有幸认识世间的几位畸人，他们的见识、品位和价值观念都与流俗不同，我因此才能有点长进。前面讲到的都是，末了还要添上一位洋人，就是François Morin。Morin这个名字在我的文章里也屡屡出现，以至我的表哥从美国回来，见到我就问Morin是谁。他是法国人，我在公司打工时，他在公司代理的一家法国工厂任地区经理，所以我们先是工作关系，而且开始很不融洽，因为他这人做事每每不合商场上的惯例，你若循常规则无以适应。不光是我，几乎整个公司的人都这么看，称之曰"那个破法国人"。一九九四年春天我陪他去上海出差，傍晚往外滩一走，路上忽然谈起法国一些作家来，我才发现他原来在文学方面造诣甚深。那天风很大，我们却在外面谈了很久。我提到一位作家，他便一通议论，所言独出心裁，与以往在书本上所见到者多有出入。原来他根本不是商场中人，而且虽然混迹多年，竟然格格不入。他对我写些东西能发表，能出版，很感羡慕，叹息说自己还不得不挣钱养家糊口。我给他起过一个"傅默然"的中国名字。此后他来中国多趟，我去法国三次，此外还一同去过日本，彼此之间谈话很多，我不过偶尔记录下来一二而已。

我在法国留下的较深印象，大多与Morin有关。例如一起去罗浮宫，他详细告诉我他发现那个金字塔入口与周围建筑有什么关系，比如塔的形状与两侧塔楼顶端的钝三角形相协调；站在宫殿门洞外口看金字塔，塔尖与对面三楼顶部重叠；站在内口看，塔尖又与塔楼的三角形顶端重叠。还有一次去凡尔赛宫（他家就住在那附近），正是傍晚时分，我看着暮色中那些树木，第一次觉得还是古典风景绘画逼真，印象派画的倒好像是想象的了。再就是在尼斯附近偶然来到马蒂斯设计的小教堂，这我已经写在关于画的那本书里了。后来他跟我更多谈论绘画，有关高更、马蒂斯、德·斯塔尔和苏拉热都曾详细论说，但他最喜欢的画家还是马列维奇。Morin信东正教，把俄罗斯文学艺术看得比法国的更高，他当时的太太是俄罗斯人，有一次聊天，我提到蒲宁，她却说最具俄罗斯特色的是列斯科夫。她对在巴黎的生活很不满意，对我说"这里没有文化"。那天我们瞒着她去了"疯马"，事先Morin有点紧张，他也没去过，怕学坏了。结果却很释然，因为只看到美，而且是世间最美的东西。我后来喜爱古代无伴奏的宗教歌唱，也是受到他的启发。有一次我们到巴黎的克隆尼博物馆，在古建筑里听一个音乐小组演唱十一世纪法国的宗教音乐，至今难以忘怀。Morin在尼斯曾带我到东正教堂看弥撒，我体会到俄罗斯文学的两大主角陀思妥耶夫斯基和托尔斯泰，好像不过是要把这庄严、繁复、恢宏和深沉的弥撒过程记录在纸上，而记录下来的终究只是余韵而已。Morin最不喜欢"安排"二字，要他帮助做什么计划都极力抵制；非得安排不可了，尤其是涉及文化问题，却又搞得相当繁琐。有一次我计划独自到外省一走，要他提点建议，他打了不知多少电话向朋友咨询。其实我此前只去过地中海岸边和罗亚河谷，他随便指个地方也就是了。末了提出还是去布列塔尼罢，在韦桑岛体验一下大西洋如何荒凉，另外在坎纳克看看古人不知出于何种原因留下的一排排大大小小的石头。坎纳克真是个奇特之地，我本来只准备待一天的，上午看石头阵，下午去博物馆，但赶到那儿只差半小时就关门了，博物馆的售票员说，这里内容太多，太精彩，你还是多停留一天，明早再来慢慢参观。我觉得这个人也有点儿像Morin。

讲到Morin给我的影响，他关于文学艺术的那些看法只是一方面，而且说老实话我并不全盘接受，我们见面的时候没少争论，例如有一次我们在广州的珠江边喝啤酒，谈到克里姆特和艺术中的精美问题，花了三个小时，意见也不能统一；更重要的还是如中国的一句古语所形容的："尽信书则不如无书。"此前我对于西方文学艺术的理解，毕竟是在某一既定系统中进行的，不免打上些现成的印记，无论涉及哪位作家或画家的哪部作品，看法总归是带定义的，很难不受到这个系统的限制。换句话说，"我"在"我们"之中，"我"无法彻底脱离"我们"。当然这也是理所当然的，但是如果能够做到出入自如就好了。Morin可以说是给我提供了一个新的参照系数，与其说教我怎么看，不如说教我不必一定怎么看。他的"我"至少对我来说，只是单纯的"我"，与我的"我们"了无干系。我因此换了一副眼光。顺便说一句，Morin曾在北京师范大学学习，好像研究的是中国古代的天文学之类；在中国去过很多地方，据他说感觉最好的地方是天水和平遥；我送给过他一册《八大山人画集》，他很高兴，以后经常提到"那些不高兴的鸟"；他的中国朋友也不少，其中之一是盛成，一九九四年七月我陪Morin去看过他一次，家居条件很不好，天气那么热，连空调也没有。老人年过九旬，双目失明，仍很健谈，对境遇似乎完全无动于衷。

第四章　读小说一

"读小说"这个题目说来话长，且分作中国的与外国的两下子来谈。中国小说又有古典小说与现代小说的区别。中国古代的白话小说，我读的第一部是罗贯中的《三国演义》，其时大约在一九六八年前后，我家还住在西颂年胡同四号，有一天家里来了什么客人，大家喝些酒，我还小呢，一下子就有点儿晕乎了，躺在床上开始读起这部书来，至于它是从哪里借来，却完全忘记了。《三国》我读过总有四五遍罢，以后父亲回来，最喜欢讲的便是其中的温酒斩华雄一段。不过后来我想，论家所特别醉心的《三国》的那些细节，如温酒斩华雄、煮酒论英雄等，毕竟属于说书而不属于小说，因为太过凸显了。说来我是不大喜欢这部书的，觉得一方面受历史的约束太大，以致纯属交代的内容太多；另一方面又多有编造，千万不能完全当历史来相信，此种写法流弊甚大。"武乡侯骂死王朗"即为一例，虽然我觉得小说中这段写得不错，操刀必割，亦是快事。我对《三国》立场的取舍尤其不能赞同，书中每讲到曹操失败时便大加渲染，不免令人反感，我甚至因此而颇倾向于他，所以读到华容道、定军山这些章回我总是草草翻过。对曹操印象很深的，还有他对构陷举报或卖主求荣者，在利用之后即明正典刑，故先斩苗泽，复诛杨松，且云"留此不义之人何用"，此皆出诸小说作者的虚构，却写出了"治世之能臣，乱世之奸雄"这两面，而且其中体现了中国人一种古老的道德观念，至今想来觉得不无意义。我既不喜欢刘备，也不喜欢诸葛亮，后来看到鲁迅在《中国小说史略》里批评说，"至于写人，亦颇有失，以致欲显刘备之长厚而似伪，状诸葛之多智而近妖"，极感佩服，不过我那时可没这么高明的眼光，只是嫌作者写得太过了。《三国》中屡次借人之口说"卧龙凤雏，两人得一，可安天下"，但写到庞统却颇草草，他在落凤坡死得也很低能，记得当年父亲就曾对此提出疑问。孙、刘两家比起来则倾向于孙，对孙策、太史慈、陆逊都佩服，火烧连营那一段也是爱看的。我不知道这种好恶说明什么，勉强讲或许正是拒绝现成结论，甚至有些逆反心理罢。我看《三国》另有一点感想，即其中一再写到"释"或"赦"，譬如孙策释太史慈，曹操赦陈琳，张飞释严颜，等等，好像是那个年代才有的事儿，也许可以称之为权力的艺术化、人情化或道德化——当然是更高意义上的道德了。

历史演义我读过不少，其中只有一部冯梦龙、蔡元放的《东周列国志》印象颇佳，冒昧地讲甚至比《三国》要好，我最中意其中介子推和伍子胥两个人物，有关章节反复阅读亦不厌倦。我曾经计划以伍子胥为主人公写一出话剧或一部中篇小说，因为我的人生观和历史观充分体现在他的身上，可惜没能付诸现实。后来听说萧军用这题材写了《吴越春秋史话》，赶紧去买来读过，谁知粗糙得很，令我大失所望。我二哥喜欢《说唐》，"天下第×条好汉"都是谁，他也背得滚瓜烂熟，但我只看过"文革"前出版的一个本子，删节太多，毫无意思了。钱采的《说岳全传》也是二哥推荐给我的，我还记得其中把岳飞称作"岳大爷"，但是对这书我实在瞧不上眼，像"枪挑小梁王"那一段简直是恶札了。顺便说到武侠小说，《小五义》《续小五义》之类，都是线装小本，每套有一大摞，纸又黄又脆，不知二哥怎么弄来的，平时藏在被卧底下。我也偷偷看了些，除了曾经学了写着玩儿之外，好像没有特别的印象。以后这一门类我只读到"南向北赵"（向恺然、赵焕亭）和"北派五大家"（还珠楼主、宫白羽、王度庐、郑证因、朱贞木），至于新武侠小说如金庸、古龙等，至今我还只字未曾寓目呢。不过有一点值得一说：日本的"时代小说"，多截止于幕末，之后没有武士，也就没法写这路作品了。我们的武侠小说，好像也应该有个时间下限，因为当枪炮已被普遍采用，武术就只能用以健身，无法施于对决了。所以老舍在《断魂枪》里写道："东方的大梦没法不醒了。"

我读到吴承恩的《西游记》，已经在一九六九年搬到五十一号之后，也不记得是谁借给我们的了。这部书统共只看过一两遍，一直引不起我的兴趣，我觉得它与《三国》名列所谓"四大名著"未免有些高抬了。说来我对中国以想象为主体的一路文学，都是这般看法，许仲琳的《封神演义》更在其下，简直不能卒读，李汝珍的《镜花缘》也是如此，絮烦得很。但是后来读到董说的《西游补》，却觉得很不错。《西游记》的想象力始终是有一定限度的，至少没有让我感到特别惊奇，而且套路太单一，大同小异，这也许才是关键所在;《西游补》上来就写师徒四人被吸入一片鲭鱼气，却有种扑朔迷离的氛围。可惜这书写得太短了。

施耐庵的《水浒传》是跟我家邻居借的，那书的模样我还记得，有点破旧，但内容完整，包着牛皮纸的书皮，上写"北京"二字，也许在当时是必要的掩饰罢。这书我们借了还，还了借，不知多少往返，我前后看了将近三十遍。二哥和我常玩一个游戏，就是提起《水浒》某人，须得答得上来他在哪回出现，谁引出他，他又引出谁，他的绰号是什么，星宿又是什么，说来我们俩都能熟记。这与当时没有别的书可读有关，但是《水浒》确实写得好，迄今我仍认为这是中国古代最好的一部白话小说。这方面当然也受到父亲的影响，林冲、宋江的故事他都给我们讲过，以后教授小说技巧时曾仔细分析误入白虎堂、火烧草料场和杀阎婆惜这几段。可惜他的《创作断想》没保存下来，其中这些都写到了。除父亲讲过的章回外，武松和石秀两段杀嫂的故事我也爱读，只是后来看苦雨斋师徒的文章，体悟到其中仇视妇女的成分果然不少。不过这两部分描写确实精彩，如写潘巧云被石秀剥光，又被杨雄绑在树上，杨雄先杀了丫鬟迎儿，"那妇人在树上叫道：'叔叔，劝一劝。'"这一笔写得深切入骨，从人物来体会也太苦了。以后我读奥康纳的《好人难寻》，那老太太一个劲儿地对凶手说好话，凶手杀了她之后说"她废话可真多"，就想起《水浒》这一节，觉得都写尽了人间的绝望与黑暗。讲到小说的手法和语言时，父亲也曾举《水浒》为例，火烧草料场中有关雪的那些描写，如"纷纷扬扬卷下一天大雪""那雪下得正紧"等，都被他一再提起。中国古典小说描写总归较为简略，《水浒》也不例外，但是这里有限的描写却总能抓住要点。前几天我还和朋友讲，林冲误入白虎节堂，环境描写只有"一周遭都是绿栏杆"这一句，但是却把他从未来过这里的那种新鲜感受给写出来了。这小说的语言似乎特别经过锤炼，一字一句都来之不易。《水浒》描写了在一个特别恶劣的环境里，人如何生存的智慧和方法。我当时很需要这种教育，阅读时不自觉地就认同于林冲或武松了。甚至连王婆都能给我以启迪，她对西门庆说"但凡挨光最难"，然后从"一分光"数到"十分光"，我至今记得清清楚楚。《水浒》里的人物或有官职，或只是民间人士，他们秘密聚在一起谋划一桩事情，我也觉得特有意思，后来读那些武侠小说，就不这么引人入胜。我小时候哪儿也没去过，坐公共汽车都不敢到终点站，生怕回不了家，整个世界对我来说很陌生，而《水浒》里的水泊、山寨，都是令人神往的地方。至于英雄好汉"大碗喝酒，大块吃肉"那份潇洒自由，则尚且不敢奢望。我们当时读的只是七十一回本，特别遗憾不能得知英雄好汉的结局，等到二哥去黑龙江看父亲，带回来一部一百二十回本，才算了此心愿，但是所增加的部分，尤其是征辽、平田虎、平王庆这几段，实在太没有光彩了。不过我读七十一回本时，就觉得作者写到鲁智深、张顺和燕青三人，有点与众不同，好像特别予以关爱似的，一百二十回本有关这几个人物结局的安排，更加深了我这一想法。记得我二哥最喜欢浪子燕青，燕青末了不知所终，不料后来二哥竟也如此。鲁智深坐化前念的"平日不修善果……"那段偈语，二哥也曾反复背诵，可以说是"声犹在耳"。七十一回本把金圣叹的批语都删掉了，末回也不一样，我读到金批本已在八十年代中期，虽然有过分繁琐的地方，但精辟之见时时可见，我觉得倘学写传统一路小说，仍是最有用的教科书。金氏所拟"……卢俊义梦中吓得魂不附体，微微闪开眼，看堂上时，却有一个牌额，大书'天下太平'四个青字"的小说结尾，刚健有力，余味无穷。顺便讲到俞万春的《荡寇志》，乃是将卢俊义的噩梦给具体落实了，虽然写得细致，也出彩，但毕竟太多恨意，太过粗暴，成了一部凶恶之书。

曹雪芹、高鹗的《红楼梦》我前后读过不超过十遍。"文革"后期，忽然传来"四大古典名著"一说，允许内部发行，托关系可以买到。我家各买了一部，《水浒》无须向人借了，《红楼》也因此可以读到。二哥和我一时成了《红楼》迷，"金陵十二钗正册"里讲到凤姐，有句"一从二令三人木"的不解之谜，他总想勘破，一再和人讨论，终无弋获。后来看见街头标语"一慢二看三通过"，解嘲地说，原来出处是在《红楼梦》里。关于别处他也有疑问，譬如林如海是巡盐御史，别无子嗣，怎么没给林黛玉留下份儿家产呢，而林黛玉假若有钱，在贾府也就不是那般境遇了。当时我回答说，大概这是一个清官罢。这自然都属于少年时代的幼稚话了。读《红楼梦》的同时还读过几种参考资料，有两册是俞平伯的文章汇编，高鹗续写的"王熙凤毒设相思局"，原本我们觉得挺精彩，经俞氏一点拨才明白是败笔。我们还注意到高鹗诗才大概不济，不然后四十回怎么谁都不大吟诗了。读了《红楼梦研究》等，不免也生些"考据癖"，结果恐怕就不能单纯从艺术欣赏角度去读书，所以我觉得"红学"于《红楼梦》实际上有害而无益。当时找不到完整的"脂批"，不然我们真要钻到里面出不来了。《红楼梦》的所谓"微言大义"多半是红学家胡说出来的，作为一部小说写得极好，但并没有那么多深意，处处安排深意也就成不了好小说了。大概一本书，一个人，有了专门的"学"，就成了灾难。另外《红楼梦》细节太过繁琐，论家又强调太过，分散了读者的注意力，像乌进孝的账单和"茄鲞"什么的，只是作者炫耀学识，原本不必过分理会。说来《红楼梦》作者之爱女人，适与《水浒》作者之恨女人成为强烈对比。我觉得作者的过人之处在于将许多人物都塑造得复杂、完整、丰满，即以"金陵十二钗"而论，各自有其性格基调，但也有与之相辅相成和相反相成的因子，读者可以喜欢或不喜欢人物的基调，但却无法忽略她身上也有过分的地方，或相反的一面，以至不能简单地以"可爱"或"不可爱"来概括这个人物，而只能根据一己偏好说某人物"比较可爱"或"比较不可爱"，其中林黛玉、薛宝钗、王熙凤、贾探春和妙玉，尤其如此。我个人最喜欢史湘云，很大程度上是因为这个人物相对来说比较简单，但换个说法就是比其他人物单纯，所以塑造得也是很成功的。湘云磊落娇憨，外刚内柔，我一直认为是女性的理想形象，大概世间喜欢她的人数也是最多罢。其次喜欢探春，第三喜欢宝钗，似乎分别偏向刚和柔两方面，但另一面也还是有的。黛玉与晴雯，我都嫌过于矫情不讲理，差不多要归入不喜欢之列了。丫鬟中喜欢鸳鸯、平儿，还有芳官。关于《红楼梦》上面说到读过多少遍，只是大概如此，因为这书有个好处，随便翻到什么地方，都可以接着读下去，我也正是这么一再翻读的，好像只有后来读到的一部《围城》差可比拟。《红楼梦》另一有意思之处，是每个读者都可以有自己特殊的兴趣点，譬如鲁迅专门提起焦大，称之为"贾府里的屈原"，我对此甚感佩服，因为书中写到焦大，总共只有那么一点篇幅，难得他特别留意。

吴敬梓的《儒林外史》我读得更晚，觉得远在《三国》《西游》之上，不知为什么人们不标举它而标举那两部。当然最初的想法并非如此，那时简直不能接受这本书的写法，尤其结构方式，一个人物刚读出点味道就没影儿了，接下去又换成了别人的故事。父亲给我们讲授小说技巧，还在传统的范围内，首要之点是必须有个好故事；以此来衡量《儒林外史》，只能说是若干短篇的集合了。后来才明白这正是这本书的好处所在。《儒林外史》重在讽刺，但是特具刺激性的段落，比如范进中举发疯、严监生死时嘱人挑去一根灯草等，却太过显露，不算高明。倒是更平和的写法，譬如写到马二先生，褒贬都在字里行间，要靠人体悟出来，才最精彩。讽刺的对象得是自己人才有意思，若把他推到对面去了，也就无须讽刺了。书的开头写王冕，末尾写几个市井奇人，虽然宣扬理想，也还舒服。这一路小说，李宝嘉的《官场现形记》无论如何读不下去，吴沃尧的《二十年目睹之怪现状》倒是看完了，好像有不少可笑之处，现在却一点也想不起来了。还有一部曾朴的《孽海花》，印象虽然较深，例如海船上金状元与夏丽雅相遇那段情节，但是这部书我并不以为写得怎么好。

文康的《儿女英雄传》、张南庄的《何典》与刘鹗的《老残游记》，我都喜欢，说来都与语言有关，《儿女英雄传》北京口语用得特别地道，活灵活现，好像迄今在这方面也没有与之能够平起平坐的书，就连老舍还要差一点儿，——或许因为我当时热衷于用北京话写作，不免有过分强调之处，现在倘若再读，不知是否还能如此欣赏。这书前后两截完全不同，十三妹的故事颇具传奇色彩，安骥的家庭经历则平淡无奇。有些刻画如能仁寺里那个坏妇人说："……你想，咱们配么？"十三妹打断她的话："别咱们！你！"我现在仍然觉得很传神。《何典》这书实际上就是要贫嘴，一路耍到底，但是特别有趣，当然也特别不容易，语言在这里不仅是叙述的工具，而且成了作品的主体。《老残游记》语言成就人人尽知，我也是先听说了才去读书的，所以这方面反倒讲不出什么了。我一向很喜欢老残这个人物，觉得与自己多有投缘之处；另外翠环也天真可爱，所说"做诗这件事是很没有意思的，不过造些谣言罢了"的一席话，我最佩服，简直是古今第一篇诗话。再就是这书专讲清官的弊害，玉贤、刚弼都不爱钱，因此也就有恃无恐，一意孤行，为非作歹更在一班贪官之上。这是作者别具只眼之处，为多数后人所不及。这里还有一点题外话，就是我因为读这本书，一直对济南有极好的印象，诸如"家家泉水，户户垂杨""一城山色半城湖"之类，后来终于去到实地，结果大失所望。

《金瓶梅》有意思的地方其实并没有意思，例如那些性的描写，写法前后雷同，看得人都烦了；没意思的地方才有意思。这书的词话本语言更生动，崇祯本文人气重些，我觉得前者更好。《醒世姻缘传》（据胡适考证系蒲松龄所作，我很信服这一说法）和韩邦庆的《海上花列传》（我看不懂苏州话，后来买到张爱玲的语译本才读完的）中的生活情景也比情节有意思得多。用这副眼光看，三本书都特别有价值。这里要说一句题外话，如果要研究张爱玲，事先不把这三部书及《红楼梦》烂熟于心，总是枉然。此外读过的书还有不少，但是并没有什么话好说。有一部魏秀仁的《花月痕》倒可一提，很是缠绵抑郁，两个主人公，一个是作者的现实写照，另一个是作者的理想化身，这个构思我始终觉得很有趣。

顺便说到民国的旧派小说，其中言情一派，我一度很喜欢张恨水的作品，特别是《啼笑因缘》，还有《春明外史》《金粉世家》，但对后来的《八十一梦》和《魍魉世界》就不大感兴趣了；武侠一派，"北派五大家"较之"南向北赵"，正是后来居上。总而言之，旧派小说故事欠佳，语言殊胜，文字之美远在茅盾、巴金甚至老舍之上。新文学不少作家均以周氏兄弟一派的"直译"文本为范本写作，亦即所谓"欧化"，再加上有几位语言功夫还不过关，一并形成了一种通行至今的古怪别扭的小说文体；反倒是上承传统白话小说的旧文学作品更能显示出中文的好处。

中国古代的白话短篇小说，也读过不少，最重要的当然是冯梦龙的"三言"和凌濛初的"二拍"了。最早读到的是《醒世恒言》，父亲不知从何处借来，一家人轮流读过。轮到大哥已是半夜，他怕影响家人睡觉，坐在院子里借助月光读完，——这个情景，我是撩开窗帘偷偷看到的。我大概还排不上号，但是利用别人交接的空隙也读了好几篇。以后又读到《警世通言》。说到中国古代的白话小说，大概当时最使人激动的书，就要数这两种了。至于《古今小说》（即《喻世明言》）、《初刻拍案惊奇》和《二刻拍案惊奇》），到手稍晚，魅力也就没那么大了。《醒世恒言》和《警世通言》，作为小说集不仅颇有些精彩篇章，而且内容涉及广泛，爱情小说、公案小说、幻想小说等等一应皆有，所以读来特别解气。有些纯写文人轶事的，如《俞伯牙摔琴谢知音》《王安石三难苏学士》《苏小妹三难新郎》《马当神风送滕王阁》，严格说来根本算不上小说，那时却读得津津有味。当然顶喜欢的还是《杜十娘怒沉百宝箱》和《卖油郎独占花魁》，特别是后一篇里，卖油郎那可怜巴巴的一番计算，令人觉得甚可同情。这几部书给我们的感觉太好，但是书终究是还掉了；"文革"后不久出版了一部《古代白话小说选》，大家排长队购买，那时书店门口有人专以高价倒书为营生，我们即多花了几毛钱才买到，其中篇章大多选自"三言二拍"。别的白话短篇小说集也读过，有一本我忘了书名，内容却记得清楚，包括《碾玉观音》《错斩崔宁》，还有《快嘴李翠莲记》等，好像不是《京本通俗小说》。此类书中还有一种艾衲居士的《豆棚闲话》，读得较晚，我的评价却在"三言二拍"之上，曾在一篇文章里说："我读过的中国古代小说里，《豆棚闲话》大概算是最冷峻、最黑暗的了。"

中国古代的文言小说，最早读的是鲁迅辑录的《古小说钩沉》和《唐宋传奇集》，都收在一九四六年版的《鲁迅全集》里，还有一部《小说旧闻钞》，乃是本事与评论汇编。此外还有一种汪辟疆校录的《唐人小说》，特别破旧，书上很多油渍，好像不是家中旧藏，不知从何而来。这几种书都没有注释，我读来甚感吃力，但因为找不到别的书读，就把它们反复琢磨，也只是半懂不懂。后来稍通文言，重又阅读，才算了然。比较而言，我更喜欢《古小说钩沉》，有些记事如赵伯公的孙子把李子塞到他肚脐里，李子烂了，他以为是自己的肠子烂了，现在想来还很有趣。这本书是辑佚之作，我很早对这种工作兴趣强烈，以后自己也编书，如果讲童年情结，大概就在这里。《唐宋传奇集》是选本，

《唐人小说》与之却不完全重复，因为前者只取单篇，后者间采专著，本是体例不同，单纯从阅读考虑，则更爱读《唐人小说》。如蒋防的《霍小玉传》、白行简的《李娃传》、元稹的《莺莺传》等，都很喜欢。但是记得最清楚的是薛用弱著《集异记》中的《王涣之》，写几位诗人的一番际遇，很有意思。

起先听父亲讲过蒲松龄《聊斋志异》里的一些故事，家中也曾借来这本书，但是我读它却要晚些时候。一九七六年在重庆姑妈家闲着没事，找到一部选本，即为当初借来未看者，三个月间，我共看了三遍。带有注释，读来方便，我除了体会到其本身的好处之外，连带文言文也能大概读通了。当时最感兴趣的是《崂山道士》《司文郎》《陆判》《狐谐》这些篇，此外《念秧》印象也很深，至于写得最好的爱情故事，再往后才特别留意。《聊斋》有两路写法，一路像唐人小说，另一路像魏晋小说，可以用繁简来分别形容，若以篇数计，恐怕后一路不在少数。我当初看到的选本却只偏向前一路，好像文学史上也是如此讲法，不过这样也就失却了《聊斋》的真面貌了。几年后买到铸雪斋抄本《聊斋志异》，才弄明白这一点。后来读到纪昀的《阅微草堂笔记》，专用简笔，较之《聊斋》中此类篇什更加纯粹。我因此明白文言短篇小说两种写法根本不同，当初看《聊斋》只是觉得不大协调似的。有一段时间我仍以繁笔为正宗，这看法却与最早读《古小说钩沉》和《唐宋传奇集》时的兴趣并不相符，大概还是受到文学史上现成看法的影响罢。其实我读《聊斋》，所看重的还是它繁中求简的笔法，如《红玉》中这一段："一夜，相如坐月下，忽见东邻女自墙上来窥。视之，美。近之，微笑。招以手，不来亦不去。"效果似乎还在繁复描写之上。曾经写过一篇小文加以讨论，其时还在八十年代初，乃是我计划写的一组文章的第一篇，总题目叫"聊《聊斋》"，写毕寄给《北京晚报》的一位编辑朋友，不了了之，我也就没再续写了。

读了《阅微草堂笔记》，回过头去重读《古小说钩沉》、《唐宋传奇集》和《唐人小说》，终于知道魏晋小说原本高于唐人小说，于是《聊斋》在我心目中就不似先前那么重要了，再读也就觉出繁复描写的弊端了，总有点儿装模作样。这里顶峰之作当然要数刘义庆撰、刘孝标注的《世说新语》，在我是少数几种愿意一读再读的书，一是人物事迹与言语无不妙绝，二是记述简练而又传神，以后仿作于后者或许还能稍事模仿，前者却是不可复得。所以世间只可有一，不可有二。刘歆的《西京杂记》、张华的《博物志》、干宝的《搜神记》、陶潜的《搜神后记》、王嘉的《拾遗记》、殷芸的《小说》，都很喜爱。饶有趣味不说，日后文章少有那种古意。读这些书所得乐趣，后来的文言小说无可比拟。说来我读中国古代的文言小说，比读白话小说兴趣要大，获益也多。唐人的文言小说，后来在李昉等编的《太平广记》里看到不少，别集如牛僧孺的《玄怪录》、裴铏的《传奇》、张读的《宣室志》和段成式的《酉阳杂俎》等，也都读过，宋人的文言小说，则有委心子的《新编分门古今类事》、洪迈的《夷坚志》等，较之魏晋六朝小说的确要差一道。明清此类集子，如瞿佑的《剪灯新话》、袁枚的《新齐谐》（《子不语》）、俞樾的《右台仙馆笔记》和王韬的《淞隐漫录》等，几乎是出一本买一本，买一本读一本，已经纯系消遣了。附带讲一句，我姐姐读这种书最多，历二十年而兴趣丝毫不减。此外我很喜欢周作人编订的《明清笑话四种》，笑话也可以看作短篇文言小说的一个旁支。屠绅的《蟫史》是罕见的长篇文言小说，我倒好好读过一遍，也不无收获，如其中有番描写："鬘儿缚一女苗至，年十九，云是罂青气之女，有勇好杀人。……甘君命磔之，悬首最高岭。"后文又说其名"萨妮"。我所作《挽歌》的结尾处几句："阳光拥挤的广场举行着/处决魔女的复杂仪式/留下羞涩难言的芳香/娇媚的四肢沿着天体的弧线/纷纷掠经炼狱之门"，就出自于此。

《鲁迅全集》中所收《中国小说史略》，对我读古典小说帮助最大，不仅指示门径，就连轻重缓急也多半遵循他的指示。可惜此书之外，我迄今还没有读到一本好的中国文学史。《中国小说史略》议论太过简略，读之每感遗憾，但是细心体味，所言皆为精华所在，正所谓一箭中的。多年后我倒是稍有一点异议，即中国古代的文言小说与白话小说虽都叫小说，到底还是根本不同的两回事，各有各的脉络，这样统而言之未必恰当。这里顺便说一句，古代白话小说本质是说书，原先那些话本、拟话本乃至《三国》《水浒》不必讲了，就是《儒林外史》《红楼梦》这种纯粹文人创作，若论叙述方式其实也是如此；直到鲁迅写《狂人日记》才算是革了这种叙述方式的命。这是鲁迅的功绩所在。后来赵树理登场且被大加提倡，就又复退回老路上去了。鲁迅之外，胡适所作有关古典小说的那些考证文章，也给我极大影响，可惜读得太晚。以上所谈，差不多都是读这些文章之前的感想，若是将来把有关小说重新读过，恐怕要说的就大不一样了。

我读中国现代小说，大约可分三期，一九七五年前，多读一九四九年后的作品；一九八○年前，以老舍为主，间及一九四九年前他人之作；以后则专心于鲁迅、废名、新感觉派、张爱玲和钱锺书。起先很想读书而不可得，于是无所简择，见书就读。最容易到手的是"文革"中新出版的小说，几乎全数读过，不用说是白白浪费了许多光阴。后来有机会借到"文革"前的小说，也至少读了十之八九，总的来讲也没有什么益处。彼时正当少年，又颇用心，好多种都读过多遍，现在一一都还记得清楚，不能忘却，这倒是一件令人烦恼的事情。像《红旗谱》和《艳阳天》的开头，迄今仍能随口背诵。然而当时读的遍数最多的王汶石著《黑凤》（有段时间家里只剩下这一本小说），却只记住一个书名，写的什么全忘光了。"文革"前的小说以《红旗谱》和《创业史》两种较好，前者粗犷，后者细腻，单就艺术性而言，似乎也比其他小说高明一些，恐怕还是因为出诸作家之手，与边学文化边写书者终究不可同日而语，而后一类作者那时颇有不少，写的有些书还很有名。这两本书中的爱情描写，也曾经使我感动，春兰和改霞都还是可爱的人物。有点印象的还有周立波的《暴风骤雨》《山乡巨变》，艾芜的《百炼成钢》，还有赵树理的《三里湾》，一度我对它的语言很感兴趣。《李自成》读得稍晚，已在"文革"之后，一时洛阳纸贵，二哥和我都很热衷，但是没过多久就看出了破绽，原来还是"三突出"一脉写法。《红旗谱》和《创业史》也重新买到，但已完全丧失昔日兴致，《创业史》作者后来做的修改甚为恶劣，给我留下很坏的印象。

　　我读老舍作品从《骆驼祥子》开始，是从一位中学同学处借来，看得爱不释手。老舍打动我的地方有二，一是用北京口语写作，一是写底层市民生活。我对老舍的兴趣，说穿了首先是对北京话的兴趣，自己也曾尝试同样写法，老舍当然是最佳蓝本了。关于北京口语，我收集有好几种辞典，侧重不同，但都有意思。后来我不很喜欢老舍了，对北京话的兴趣却未减少，虽然自己早已不用这种语言写作。北京话还以旗人当初所说最为纯粹，《红楼梦》《儿女英雄传》即皆出自旗人之手，而老舍虽然在旗，语言并不纯粹，夹杂着浓重的文人腔，即使《骆驼祥子》也有痕迹，比如结尾的一段："体面的，要强的，好梦想的，利己的，个人的，健壮的，伟大的，祥子，不知陪着人家送了多少回殡，不知道何时何地会埋起他自己来，埋起这堕落的，自私的，不幸的，社会病胎里的产儿，个人主义的末路鬼！"不过当时读到的是五十年代的本子，最后整整一章半都删掉了。却说老作家一九四九年后纷纷修改旧作，其中至少有一本书改得比原来要好，就是《骆驼祥子》。删去的部分讲的是祥子怎么堕落，这绝不是区区一章半所能够完成的，结果只能靠议论担纲，特别迂腐幼稚，描写也很不到位（不妨将其中阮明游街那段与鲁迅的《示众》比较一下），实话实说这一部分乃是小说的败笔。删节版截在"将就着活下去就是一切，什么也无须乎想了"这句话上，不仅干净，有余味，而且把删去部分的意思都概括在内了。《骆驼祥子》表现底层市民生活，写得实实在在，我由此第一次感受到现实主义有种强烈的感染力。这或许也与我当时的处境有关，所以特别引起共鸣；他那个其实相当粗糙的剧本《龙须沟》，我读了也曾大为感动。此后我差不多读了老舍所有的小说。最后未完成的《正红旗下》，写得玲珑透彻。我一向认为"文革"前十七年，加上"文革"十年，中国文学史基本上是一片空白，这本书是例外之一，可惜只写了个头儿；假如写完了，恐怕一段历史都活转过来了。不过老舍一九六〇年完成四幕话剧《神拳》，一九六一至一九六二年写《正红旗下》（未完成），两部作品是同一题材，《神拳》结尾处，主人公高永义抱着神牌高呼："三哥！于铁子！睡过去的众师兄！都好好地睡吧！有咱们，多少外国，多少洋枪洋炮，也永远分吃不了咱们，灭不了咱们！"《正红旗下》若接着写下去，会不会还是这一套，好像也很难说。老舍的《离婚》和一些中短篇如《我这一辈子》《断魂枪》《黑白李》等也不错。此外的都不怎么样。《老张的哲学》《赵子曰》贫气得很，而且是那种廉价的贫气。《微神》《月牙儿》矫揉造作，描写女性心理颇显生硬，情与理都不落实，或可归为男性作家采用女性视角叙述不成功的尝试，若进一步联系老舍的其他作品，不免怀疑他或许并不能理解女性，在这方面似尚不及茅盾、巴金，更难与写过《明天》《离婚》的鲁迅相比。或者说《骆驼祥子》里的虎妞这形象是成功的，确实如此，但那只是个被置于客体位置，为叙述主体祥子所感知的人物。使我大倒胃口的还是《四世同堂》。说来我知道这部书由来已久，一直盼望能够读到，没想到人物、故事都是胡编乱造的，语言全无光彩，夹杂的大段议论特别平庸乏味。"善有善报，恶有恶报"的人物设计，更显示作者的境界不过市民水平。《火葬》《无名高地有了名》，也同样如此。我由此明白即便是所谓现实主义作家，也兵分两路，一类仅仅依靠观察，一类可以借助想象。老舍属于前一类，他根本不能写自己没有亲身体验的东西。《四世同堂》《火葬》《无名高地有了名》，内容都是老舍从来没有经历或只草草看了几眼的，失败是无可避免的。而语言之于老舍，也只是表现的手段，本身并不具有独立价值，如果所表现的内容不行，手段也就随之失色。这看法同样适用于他的话剧，拿《红大院》《女店员》等比一下《茶馆》，就明白了。

茅盾的小说差不多同时读到，其中《子夜》读过不止一遍。这小说开头一段，写纸醉金迷的大上海给吴老太爷的印象，竟将他活活吓死了，我曾觉得很是有力，后来才明白其实是浮夸写法。《蚀》和《虹》是在重庆借来读的，当时很憧憬书中所反映的生活，后来也觉出写得还是有些做作。茅盾的语言特别欧化，读来很不舒服。《霜叶红似二月花》和《锻炼》是较晚才读到的，内容都还厚实，描写也比前述作品收敛得多，让我体会到一点茅盾的好处来了。父亲当年谈到茅盾，说他的小说每每有个大的时代背景，如《蚀》写"北伐"，《虹》写"五卅"，《子夜》写买办资产阶级与民族资产阶级的矛盾，等等，在我看来这恰恰是这些作品不能写好的原因所在，说穿了就是主题先行，只不过茅盾较之巴金、丁玲甚至老舍在文学功力上要强些，所以不致写得太坏。不过茅盾有一个特点，就是对于所谓"时代女性"理解较深，所塑造的此类人物形象也还鲜明，甚至不忌出格的写法，这在当初是很吸引我的。但是他的长处是从外面写，《腐蚀》采用日记体写法，自我心理分析，就有些拙劣了。茅盾最后的回忆录《我走过的道路》里，还讲曾在兰州遇见一位神秘女郎，"高挑身材梳两根长辫子""黑皮夹克、马裤、长统皮靴"，同行者怀疑她是女特务，她却来找茅盾，"说她是我的崇拜者，从学生时代起就一直喜欢读我的作品，喜欢里面的女主角，像慧、章秋柳、梅女士"。作者写道："她是当代新女性中一个新的类型。"我奇怪茅盾晚年怎么忽然想起这个，这在那本书中完全是题外话。

总的来说，茅盾最坏的作品在老舍最坏的作品之上，而老舍最好的作品在茅盾最好的作品之上，巴金的作品则在此二人之下，无论故事还是语言，都是如此。巴金的《家》我开始就不大喜欢，记得父亲也曾说觉慧因赶写文章而不理会鸣凤，结果她自杀了，这情节有点勉强，至少减弱了悲剧的力量。《寒夜》和《憩园》虽然不坏，但我也不觉得好到哪儿去，可能那时我已经过了读巴金的年龄了。巴金的小说正如其所说："青春是美丽的东西，而且这一直是鼓舞我的源泉。"他实际上是一位针对初中生写作的启蒙作家。当然也还有更为浅显的，譬如冰心的"问题小说"。叶圣陶的所谓"扛鼎之作"《倪焕之》，其实相当幼稚。还有郁达夫的《沉沦》等，病态本来应该是深刻的，在他笔下却很肤浅，情调尤为造作。比较起来，丁玲的《莎菲女士的日记》也不过是五十步笑百步而已。徐訏的《风萧萧》仅仅是一部通俗小说而已，于此之外再要求一点儿别的，譬如文学性之类，几不可得。无名氏的《无名书》读过前两部，虚夸造作得令人难以容忍。

　　不喜欢的东西一一提及未免絮聒，且单说印象好的罢。沈从文的小说，我最喜欢《边城》，觉得人物、故事都干净到透明的程度。特别是结尾那一笔："这个人也许永远不回来了，也许明天回来！"这里有种漂泊不定的惆怅，连带整部书的透明之感都变得模糊了。当一个人走投无路，沈从文告诉他可以转过身来，还有另一个世界——那就是《边城》、《长河》和不少短篇小说描写的所在。把它叫作自然也好，人情也好，反正是个美丽的、虚幻的地方。你可以在此流连忘返，得到慰藉。沈从文可以说是一个有梦的作家，而相比之下，稍早的鲁迅，稍晚的张爱玲，都是梦醒了的作家。沈从文珍爱着他的梦，他的梦是干净的，透明的。这当然很不容易，因为很多作家的梦都是世俗的，污浊的，简直不值一提。有梦的作家与梦醒了的作家的区别，也可以说其一有心，其一无心。有心的作家，某些东西逾越不了，存在着障碍。沈从文是十足的好人，他还是有所畏惧的。他也写了很多残酷的东西，但大多是过程中的，而不是终极的，即使结局如此，也是偶然的。总的来说，沈从文在视点和立场上未免太认同于他的人物，讲得刻薄些，他还是有一点儿"廉价的同情心"的。

李劼人的《死水微澜》《暴风雨前》《大波》是中国新文学史上最厚重的著作，如单以长篇小说论，他应该排在第一位。他这几部作品不仅有分量，而且有味道，结构好，语言也好。在我看来，李劼人走的才是中国现实主义文学的正路，相比之下，茅盾、巴金等都是歧途。而同样涉及社会底层人物，李劼人的深度与格调也较老舍高出很多。附带说一句，夏志清著《中国现代小说史》最大的缺陷就是基本上忽略了李劼人——只在一条注释里讲到他，以"不过，据我所知，除曹（按指曹聚仁）以外再没有别的文学史家谈到李劼人的小说了"打发了事，实在有点不大像话。

还有萧红，她的《生死场》我比其他小说看得都早，也是家中劫余之物，书的前面有鲁迅的序，后面一页涂满油墨，什么也分辨不出，多年后我才知道，那是胡风写的跋。这书顶多算是速写，记得鲁迅讲它有"坚强和挣扎的力气"，我的感觉像是旷野上刮过的一阵狂暴而粗糙的风似的。萧红本是一位左翼文学家，但在她的创作后期却部分地脱离左翼文学的主流，写出《呼兰河传》《小城三月》等作品，而她得以在现代文学史上出人头地，正因为这一点；看看茅盾为《呼兰河传》写的序，就知道此时萧红与左翼文学的主流的分歧有多大了。《呼兰河传》是一部怪异的书，甚至可以说比前面提到的所有新文学作品都要好，这里主人公不是一个或几个人，而是一座城，东北那种破旧、肮脏而阴郁的小县城。此前从来没有人如此写法。虽然这在萧红，未必是深思熟虑的结果，她其实是一位完全凭借本能写作的作家，感悟甚好，只要记录下来就行了，无论记录的好坏。《呼兰河传》第一句就有语病："严冬一封锁了大地的时候，则大地满地裂着口。"书中写法也多不合规矩。这里看出萧红写作未经训练，但同时也是可爱之处，她无拘无束。完全凭借本能写作的作家，作品可能特别好，也可能特别不好，不可能都好，但可能都不好。这里前三句都适用于萧红；末一句则可用在其他不少这类作家身上。就萧红来说，《呼兰河传》《小城三月》当然极好，但她的不好的作品也很多。

顺便在这里说说那一时期的剧作罢，因为当时是把剧本像小说那样读的，反正也看不到演出，这习惯现在好像已经没有了。我读过不少剧本，对丁西林兴趣最大，他的《一只马蜂》《压迫》《三块钱国币》，不仅机智，还有一种高贵典雅之气，在我读过的新文学作品中可谓绝无仅有。田汉的作品印象中《获虎之夜》和《名优之死》还不错，但吴祖光的《风雪夜归人》却不怎么样。老舍除《茶馆》外，都是失败之作；但《茶馆》好处在写茶馆不在写人，人物塑造并不充分，有点概念化，"子承父业"和前后命运对比都嫌牵强，真正觉出这出戏的好处，还是后来看了"人艺"的演出。最重要的当然是曹禺，他的剧作选家中借来过好几次，所收三个剧本《雷雨》《日出》《北京人》，我们相当熟悉。《雷雨》戏剧性最强烈，我想象中的舞台效果也很强烈，也许嫌过分强烈了。鲁大海是当中唯一可怜的角色，因为他是个假人，母亲常说，不管是谁也演不好他。《日出》里的方达生稍好一点儿，但是演员也一准特别费劲儿。陈白露有种倦怠之美，她念的那句诗："太阳升起来了，黑暗留在后面。但是太阳不是我们的，我们要睡了。"原本不算佳句，但与她联系在一起，就别有韵味了。我觉得曹禺最善于写一路奸诈小人，像《雷雨》里的鲁贵，《日出》里的王福升，只算次要的配角，却都是活生生的。他最好的作品当数《北京人》，它的戏剧性最弱，但结构最完整，气氛也最阴郁，读时感到一股霉味儿飘过来。只是那个猿人的象征性太显豁了，其实有没有它都无所谓。

我对三十年代昙花一现的新感觉派很留心，看过他们的全部作品。刘呐鸥的《都市风景线》还比较肤泛，穆时英和施蛰存要好得多。但是这两位作家也有很大区别。施蛰存是从理念出发，感觉都是他设想或安排出来的，也就是说，感觉的主体实际上游离于感觉之外。这在《闵行秋日纪事》、《梅雨之夕》和《魔道》等作品中体现得最清楚不过。他写得最好的，我觉得还是《石秀》和后来的《黄心大师》，前者淋漓尽致，后者虽然已不能算是新感觉派作品了，但是透彻得很。穆时英是从本能出发，他笔下的感觉才真正是感觉。他彻底排除了小说作者的说书人角色，写小说与我们写诗多少有点相仿，是从感觉的主体出发，极尽自己的视、听、味、嗅、触诸感官的功能，运用通感的方法，建立一个纯粹的感觉世界。《白金的女体塑像》《红色的女猎神》《夜》《黑牡丹》《第二恋》，都达到空灵飘逸的境界。穆时英总的来讲仍比较浅，但有的时候，他也有一种比感伤还深一点的东西，一种面对命运无可奈何不得不随之而去的东西，一种带苦滋味的东西。有番闲话在这儿顺便一说，就是穆时英关于性的描写特别值得注意。以我读过的小说而言，一共有三路写法，一是《金瓶梅》式的直接描写，一是《查泰莱夫人的情人》式的象征隐喻，一是穆时英式的纯写感觉。前两种都有点笨拙，一个脏，一个隔；只有第三种最得要领，切近，又干净。穆时英不写性，而写性感。像《红色的女猎神》里这样的描写："站在阑珊的月色里的她，给酒精浸过了的胴体显着格外地丰腴，在胸脯那儿澎涨起来的纱衫往瘦削的腰肢那儿抽着柔软的弧线，透过了纱的朦胧的梦，我看见一个裸露在亵衣外面的脂肪性的背脊，而从解了钮扣的胸襟那儿强烈的体香挥发着。"真是感觉随处流溢，或者反过来讲，笔触都溶解在感觉里。《白金的女体塑像》较此更高一筹："把消瘦的脚踝做底盘，一条腿垂直着，一条腿倾斜着，站着一个白金的人体塑像，一个没有羞惭，没有道德观念，也没有人类的欲望似的，无机的人体塑像。金属性的，流线感的，视线在那躯体的线条上面一滑就滑了过去似的。"如果说前一段是相辅相成，这便是相反相成了，在这一点上他达到了极致。

废名的小说也都读过，他有两路写法，其一以情趣胜，如《河上柳》《菱荡》，特别是《桥》；其一以理趣胜，我说的是《莫须有先生传》。前一路小说读来很造作，他自己也说是像唐人写绝句似的，我能领会那个境界，但是说老实话并不很喜欢。我知道我有自相矛盾之处，譬如造作，某种情况下（好比上面讲到的穆时英）我说好，某种情况下就说不好。废名其实也是写的感觉，但是我总觉得这感觉本身就是造作出来的，不如实实在在的好。或许还是因为情趣就是诗罢。但是新感觉派不也是诗的写法么。可以说我能接受诗的写法，不能接受写出来的是诗。废名这路小说，还有沈从文的很多小说（他受废名的影响），多少有点理想主义的味道，所以我有点抵触。但是从废名自己的出发点出发，《桥》确是化境，其中意味，如若形容以气氛尚且滞重了，该说是空气才合适。我更喜欢《莫须有先生传》，这是禅和子说话，是一部公案，写出来的只是一点由头，根本无关紧要，须得"得意而忘言"才是。《莫须有先生坐飞机以后》已经不能算是小说，到这时废名真正返璞归真，水落石出。我自己写小说写到末了，只剩下一份怀疑，觉得怎么也避免不了造作，可惜那时还没看到这本书，我那些疑虑这里早就解决了。

钱锺书的小说，我先读《人·兽·鬼》，然后才看《围城》。我觉得《围城》的优缺点，在《人·兽·鬼》里都放大地显示着，譬如其中浅露的成分，在《猫》里看得更清楚，而深沉的一面，则充分体现于《纪念》。《猫》影射了很多名人，都只涉及皮毛，像拙劣的漫画；另一篇《灵感》稍深入一点儿，不过也有限。这个毛病，也就是《围城》的毛病。但《围城》同时又很深沉，的确触及了人生最无奈最苦涩的层面。所以这是一部充满矛盾的书，作者也是一个在深浅之间往返游移的人。但是明白这些需要时间，还要冷静，当时我们只顾看了好玩，来不及细想。前几天和朋友谈到八十年代初的阅读经历，特别提到《围城》，当时很少有一本中国小说像这本书那样风靡一时。最令人着迷的是它的语言，那些异常聪明的比喻句，而且作者往往一路生发下去，不肯轻易驻足，例如开头形容鲍小姐的话："有人叫她'熟食铺子'，因为只有熟食店会把那许多颜色暖热的肉公开陈列；又有人叫她'真理'，因为据说'真理是赤裸裸的'。鲍小姐并未一丝不挂，所以他们修正为'局部的真理'。"后来想起来，这其实正是作者显露聪明之处，算不得上乘。大概许久没有见过什么聪明人了，大家不免眼花缭乱了罢。但话说回来，《围城》原本不止于聪明，聪明在于语言及与之相关的一部分意思，有如浮沤，底下还有潜流，所以不能讲那些比喻形容多余，只是别光盯着它们就是了。此书说得上亦喜亦悲，其间张力极大；前一层面虽然可能掩盖后一层面，却并未抵消后一层面，这显出作者的高超功夫。而且作者揭示人生实相之际，态度仍很冷静，并无廉价同情心流露。这种冷静与聪明背后的冷静打成一片，作者看待可怜与可笑的人乃是一副眼光；然而可怜又不尽同于可笑，无非都是众生相之一罢了。

说来我读鲁迅的小说最早，家里留下的那套《鲁迅全集》，其中的《呐喊》、《彷徨》和《故事新编》，很小的时候就翻过，但是年幼无知，看不大懂。懂得一些，总在二十岁之后。其中《明天》是一篇我久久难以理解的小说，总觉得单四嫂子很无辜，为什么她的儿子一定要死呢，而且最后连梦也不能梦见，——那结尾写得很隐晦，是"不恤用了曲笔"，而鲁迅在《〈呐喊〉自序》里对"在《明天》里也不叙单四嫂子竟没有做到看见儿子的梦"耿耿于怀。我觉得由此可以体会鲁迅内心深处的某种东西，当然并非全部，但肯定是不应忽略的重要方面。再如《药》，华小栓是否也可以有别一种结局，即他吃了蘸了夏瑜的血的馒头，病势竟好转了呢。这或许于作品的艺术震撼力有所减弱，但是在主题上并无大碍，至少提出这种可能性是无妨的。而鲁迅如此选择，除了艺术方面的考虑之外，是否也有别的因素呢。我由此感受到他的作品中的一种残酷或死亡之美，这在以往中国小说中几乎是见不到的。我觉得《彷徨》比《呐喊》更冷峻，更绝望。像《示众》那一篇，简直是冷酷无情了。鲁迅小说的魅力和力量，至少有一部分因此而产生。《呐喊》《彷徨》一共只有二十五篇，当时对"小说"的概念还没有明确的共识，所以有些小品散文如《一件小事》《兔和猫》《鸭的喜剧》《社戏》也编入了，除去这些，几乎每篇小说都有体式上的开创。《孔乙己》和《祝福》构思约略相近，均限定在某一场景之内,《孔乙己》是咸亨酒店,《祝福》是鲁镇，在此场景之外发生的事情一律不写。记得父亲曾说二者都可以写成中篇甚至长篇小说。我最佩服在中国现代小说刚刚发轫的时候，鲁迅就选择了一种限制而不是扩张自己的写法，这非常不容易。鲁迅的小说若举出一篇我最喜欢的，就是《孔乙己》。作者安排酒馆小伙计作为第一人称的叙述者，具有特殊意义：他的身份决定了他必须固定在某个位置，所以只看到也只描写孔乙己来到酒馆里的举止言谈，顶多再记述一点传闻，这就具有一种被动性；他与孔乙己之间疏远的关系，则决定了通篇的冷淡语气，这都使得小说关于孔乙己的叙述有种"天地不仁"的意味。而结尾处，"自此以后，又长久没有看见孔乙己。到了年关，掌柜取下粉板说，'孔乙己还欠十九个钱呢！'到第二年的端午，又说'孔乙己还欠十九个钱呢！'到中秋可是没有说，再到年关也没有看见他。我到现在终于没有见——大约孔乙己的确死了"，更让人感到可怜的孔乙己被人世间一步步地给抹掉了。这种力透纸背的写法，也许只有后来张爱玲的《花凋》和《色，戒》可以相比。鲁迅的小说语言读来结实而沉郁，好像浓缩过似的，比茅盾以下各位要好得多。《故事新编》中，我最喜欢《铸剑》，深邃劲健，当在鲁迅最好的作品之列，其次是《补天》，再次是《奔月》，而一九三四年到一九三五年所写的几篇比较粗疏，无论智慧灵动，还是表现手段，都大不如前，鲁迅自己不称"小说"而称"速写"，并非谦辞。相比之下，《出关》《采薇》稍强，《非攻》《理水》逊色，《起死》最差。《铸剑》是个双重的复仇故事：复仇者有两个，一是眉间尺，一是宴之敖者；宴之敖者的复仇也分两步：一是利用眉间尺的头，砍下了国王的头，一是再砍下自己的头，帮助眉间尺的头去咬国王的头。然而最后剩下三个骷髅，彼此竟然无从分辨。这似乎是分别从"人"与"天"的角度去看同一件事情，而鲁迅的意思在于，尽管从后者看来确乎如此，作为前者还是应该做到极致。从某种意义上说，《铸剑》是鲁迅最重要的小说作品，因为这里最能体现他的人格与精神。写完此篇，鲁迅仿佛表现出一种完成感：自家的文学创作不妨到此为止，接下去该干点儿别的了，此后他确实差不多专写杂文了。《故事新编》中有些现实攻击性的成分（同样出现在《朝花夕拾》中），我并不觉得有多大意思。顺便说一句，《补天》原名《不周山》，原本是《呐喊》里的一篇，鲁迅说，成仿吾写文章，"以'庸俗'的罪名，几斧砍杀了《呐喊》，只推《不周山》为佳作，——自然也仍有不好的地方。……于是当《呐喊》印行第二版时，即将这一篇删除；向这位'魂灵'回敬了当头一棒——我的集子里，只剩着'庸俗'在跋扈了"，此举最可见鲁迅的性格，正如周作人所转述的他的话，"人有怒目而视者，报之以骂，骂者报之以打，打者报之以杀"。鲁迅的翻译作品，因为收录在他的全集里，所以也都读过。现在回想起来，最值得注意的是阿尔志跋绥夫的《工人绥惠略夫》。鲁迅创造了阿Q；如果说在他笔下有个在现实中与阿Q形成对比的形象，就是绥惠略夫，他们构成了鲁迅心目中"人"的两极。而《铸剑》中的宴之敖者，正是一个中国版的绥惠略夫。

　　我花在张爱玲身上的功夫，可能要超过古今中外任何一位小说家。最早是在一九八五年某一期《收获》上读到重刊的《倾城之恋》，以后买到翻印的《传奇增订本》和《流言》，而她的全集中大陆没有印行的几种则托人在香港买到了，后来又买了她的一整套新的全集。胡兰成有一句话说得很对："鲁迅之后有她。她是伟大的探求者。"我的确在这两个人身上看到一种相通之处。张爱玲笔下最可爱的人物就是《茉莉香片》里的言丹朱了，可爱到没有一丝缺点，但她下场最惨，也最无辜，而且完全是那种单四嫂子式的无辜。而《花凋》更是将《明天》"因为那时的主将是不主张消极的"而未能写尽的残酷之美给写到极致了。《封锁》，特别是《等》，也正像《示众》一样弥漫着无限的冷漠。《明天》："哦，他们背了棺材来了。"《花凋》："她死在三星期后。"这里没有任何形容的话，但读书至此，真觉得就像鞭子抽在身上似的。记得《朱子语类》说："须是一棒一条痕，一掴一掌血。看人文字，要当如此，岂可忽略。"理想的小说叙述语言，也应该是这样的罢。鲁迅与张爱玲，还有钱锺书，是新文学史上少有的能避免"廉价的同情心"的作家。附带说一句，夏志清将《倾城之恋》与《封锁》《鸿鸾禧》《琉璃瓦》《五四遗事》算作一类，认为具有喜剧性质，似乎不很妥当。张爱玲的小说，我特别喜欢一九四六年十一月出版的《传奇增订本》所增补的几篇：《留情》、《鸿鸾禧》、《红玫瑰与白玫瑰》、《等》和《桂花蒸 阿小悲秋》，觉得比一九四四年八月出版的《传奇》所收的各篇更好，虽然后者包括她最出名也最受读者欢迎的《金锁记》和《倾城之恋》；特别喜欢的还有一九八三年六月出版的《惘然记》收录的三篇：《色，戒》、《浮花浪蕊》和《相见欢》，而据作者说，"其实三篇近作也都是一九五○年间写的，不过此后屡经彻底修改"，那么这两组小说相距也就没有那么遥远，相比之下它们更其成熟。张爱玲一九五四年七月出版《秧歌》后，曾写信给胡适，"大致是说希望这本书有点像他评《海上花》的'平淡而近自然'"，总的来说，张爱玲一生的小说创作走的正是一条由绚烂归于平淡的路，这不仅是语言意义上的，也是情节意义上的。以笔墨浓淡而论，《金锁记》和《倾城之恋》绚烂得略略过分，稍嫌"文胜质则野"；《色，戒》等三篇又舍弃得有点多，稍嫌"质胜文则史"；一九六八年出版的由《金锁记》改写成的《怨女》绚烂与平淡调和得最到火候，正是"文质彬彬，然后君子"。……张爱玲受到通俗小说的影响很大，在《连环套》《不了情》中反映得最明显，但《半生缘》的前半部分却把通俗小说升华到了高雅深沉的程度。这作品我是用了三天时间与《十八春》逐字逐句对比着读的，坊间某些张爱玲作品选取《十八春》而舍《半生缘》，真是坑害作者和读者了。张爱玲的小说语言在整个白话文学史上都是出类拔萃的，她所承袭的不是新文学的"欧化体"，而是《金瓶梅》《红楼梦》到张恨水那一路白话小说，但又适当而有效地加入了欧化的因素，使得句式比过去的白话小说更复杂，但却不堆砌，不累赘，尤其是不别扭。她的小说写得绚烂，是绚烂之美；写得平淡，是平淡之美。

中国现代小说史我也曾读到几种，只有夏志清所写的那本最好，其余不看可也。夏著对我启发甚大，该书立论多少为某种政治观念所局限，另外也有些不该有的遗漏（写作时资料有限，以后完全有时间补上），但他确是有艺术眼光的，对作家作品的评价，多有独出心裁而又令人不能不信服之处。不读这书，好多问题我是很难明白的。

中国当代文学我所读甚少，几乎不能发言，若论个人口味则最喜欢王朔，如《玩的就是心跳》《我是你爸爸》《动物凶猛》等。王朔最大的好处是"说人话"，而且颠倒了久已颠倒的价值观。他的作品既不失柔情，又喜以不正经来破假正经、二者看似矛盾，实则一致。王朔直接采用北京口语写作，黄遵宪的"我手写我口"，胡适的"有什么话，说什么话；话怎么说，就怎么说"，至此才真正得以实现。还有王小波，我最初读他的作品是父亲病重之际，我在医院陪床，抽空读了《黄金时代》三部曲。以后将他所有小说（包括残稿在内）通读过一遍，最喜欢《革命时期的爱情》、《黄金时代》（《黄金时代》第一部）和《未来世界》。作者有超人的艺术感受力、表现力，敏锐、深刻，通过写作，他的整个身心也得到了最大满足。此外再提一部长篇小说，就是杨绛的《洗澡》，我觉得作者是不大善于虚构的，所以小说总的来讲不如散文，《洗澡》在情节安排与人物塑造上都不无可议之处。不过"虎头蛇尾"这句本来是贬义的话却可以完全褒义地用于《洗澡》——许彦成与姚宓之间"发乎情，止乎礼"，此事没有在"洗澡"中曝光，许得以轻易过关，从而成全了这两个人物，成全了这段曾经的感情，最终也成全了许的妻子杜丽琳，这个构思是我喜欢的。尽管没有被多少知情且不怀好意的姜敏揭发，未免匪夷所思。《洗澡》有一点和《围城》稍稍接近，即两位作者对待知识分子所取的都是近乎俯视的角度，以这副眼光来看，知识分子不过是人类的一部分，其命运也与人类总的命运相同，没有什么特别值得强调渲染甚至神圣化的。对比阿·托尔斯泰《苦难的历程》（这书名比内容更能引起中国作家自命不凡的共鸣）里的话："在清水里泡三次，在血水里浴三次，在碱水里煮三次，我们就会纯净得不能再纯净了。"就看出高下之分了。或许这是有自知之明的知识分子才可能有的态度。虽然相比之下，《洗澡》作者对许彦成和姚宓较多偏爱，但分寸把握得还好，这方面只要一过分，上面的话就无从说起了。

第五章　读小说二

这一篇专门要讲读外国翻译小说的经过。但是先来说几句题外话。这些年结识了几位搞翻译的朋友，异口同声地告诉我，现行翻译文本多半不可相信。这一点其实我也知道，只是过去读翻译作品，重视"达"和"雅"未免要超过"信"。朋友的话不失为一种忠告。我的看法是，能看原文最好，读译作总归是退而求其次；译作读读倒也罢了，如若要发议论则应特别慎重。我特别不赞同看了译文就说原作者语言特色为何，好或不好，文体根本不可能通过翻译体现出来，无论是多么高明的译者。但译文未必不可看，看情节，看细节，看人物，看主题，就是别拿译文的语言当原文的语言。我在这方面写过一些小文章，总是谨守这一限度。这回讲到过去读书的事情，曾经打算略过这一部分不提，但是转念一想，确实为此花过不少工夫，若论所读数量较之中国小说多上十倍不止，不谈好像不大对头；何况原本不是研究什么，只是一篇印象记，鸡零狗碎，信手拈来，犯不上过分认真。而且就我个人而言，读书时间有限，与其花在中国当代的小说和诗上，倒不如用来看看这些"二手货"呢。"译事三难信达雅"，在原作—译文—读者的全过程中，"达"和"雅"主要影响后一阶段，而"信"更多牵涉前一阶段；翻译小说我都是读着玩的，不过是读者与译文之间发生的一点关系而已。无论如何，陀思妥耶夫斯基与Ф. М. Достоевский，《卡拉马佐夫兄弟》与《Братья Карамазовы》有所区别，我所面对的是前者而不是后者。

我读外国小说，大致可以分为三个阶段，最早读的都是苏联小说；"文革"后期起转为西方小说，以浪漫主义文学和福楼拜之前的现实主义文学为主；八十年代开始，多是福楼拜之后的现实主义文学和现代派文学。"文革"之前，苏联小说翻译最多，也最容易找到，凡是能找到的我差不多都读过，可以列出长长一个单子。记得有一回与一位俄罗斯朋友谈起此事，他只是说了句"你读得太多了"。这些所谓"社会主义现实主义"作品，后来知道其实质是以虚假替代真实，总的来讲没有什么艺术成就可言。但是当时哪里看得这么清楚，若论对我的吸引力却着实不小，这是因为和中国"文革"前与"文革"中的小说比起来，总归写得强一点儿，尤其是往往有些在中国小说里看不着的东西，譬如并不回避爱情描写，对人性也不无揭示，等等。当时看了就不满意的苏联小说，二十年代几种特别有名的当中，只有富尔曼诺夫的《恰巴耶夫》，觉得过于粗糙，而绥拉菲摩维奇的《铁流》，革拉特珂夫的《水泥》，似乎都还不错。法捷耶夫的《毁灭》，应该说比这两种水平稍高，但是译文晦涩，读来费力，印象也就不那么好了。其实《铁流》和《水泥》是两本相当浮夸造作的书。还有奥斯特洛夫斯基的《钢铁是怎样炼成的》，无论结构，还是手法，都幼稚得令人难以容忍，即使是保尔与冬尼亚的恋爱故事，也不如阿扎耶夫的《远离莫斯科的地方》等书中的类似描写。总之我不大分辨得出意思好坏，但是有个起码的要求，就是文学水平不能太差。这里明显的例子是柯切托夫，他的《叶尔绍夫兄弟》和《州委书记》曾经让我着迷，人物性格刻画毕竟不坏；以后才觉察到其中的倾向问题：它们与爱伦堡的《解冻》（虽然这本书写得并不怎么样）所启示的苏联文学新的方向正处于对立位置，无论用文学史还是一般历史的眼光看，都不啻是一种反动。苏联小说还有一点与中国小说不同，就是并不一味光明，色调往往比较黯淡，也就是稍稍复杂一些，开始不很适应，慢慢儿觉出味道来了，特别是"文革"中翻译过来的几本，如《人世间》《多雪的冬天》《落角》《你到底要什么》等，《摘译》上也有不少此类作品。这在思想上未必对我有很大影响，但总归替我打开一点眼界。

当然苏联小说也不一概被"社会主义现实主义"规范住，真有成就的也有一些，譬如肖洛霍夫的《静静的顿河》，气势磅礴，场面恢宏，葛利高里个人的命运，他与阿克西尼亚的爱情，都很牵动人心。大概是主人公一直不曾找到方向，全书笼罩着一份难以言说的惆怅。我还是二十五年前读的，其中描绘的顿河风光，现在想起来依然浮现眼前，然而也是带点儿惆怅调子的。

"文革"中，西方小说很难读到。家里偶尔借到几本，我有记忆的是两次。一次大概是一九七三年，过士行以一块手表作抵押，借到一套大仲马的《基度山恩仇记》，还是四十年代的译本，我家有幸留得一日，大家轮流看，人闲而书不闲，我不够排队的资格，只能利用别人交接的间隙，读了一、四两册，知道前因后果而已。这部书给我们一家人的印象太深，以至父亲回到黑龙江后，还在来信中说："据说《基度山恩仇记》将来内部发到军级干部，老百姓是看不着了。"（一九七三年九月二十二日）另一次在此之后，父亲借来《简·爱》和《德伯家的苔丝》，我也抓紧时机翻看，当时只觉得简·爱若是赶上苔丝的境遇，一定把持得住，不会落得那般下场。大仲马的《三个火枪手》看得稍晚，我觉得此书最具作者的特色：明朗，率直，引人入胜，然而余味无多。只有火枪手们将米莱狄活捉并斩首那一段有点阴森可怖，米莱狄临受刑前，"在潮湿的斜坡顶，她脚下一滑，跪倒在地了"。这一笔尤其令我印象深刻。书中各个人物，性格都很鲜明。后世的畅销小说往往比它严重，却不及它好看。

高中时候我喜欢浪漫主义文学，歌德的《少年维特之烦恼》虽然也读过，但并不觉得怎样，所崇拜的是雨果。头一本读的是《布格-雅加尔》，兴趣不大，真正吸引我的是《巴黎圣母院》和《九三年》，待到读《笑面人》兴趣稍减，《海上劳工》则甚感乏味。我起初看中的是雨果笔下的人物善恶对比强烈，书也写得情感激昂，气势宏伟。慢慢觉出所谓善恶对比强烈，正是其过于简单的地方；而情感激昂，气势宏伟，说穿了也都是虚的。整套《悲惨世界》凑齐用了好几年，读了前两册，非常盼后面的；读到第四册，多少有点烦了；读完第五册，就再也不看雨果了。不是他越写越差，是我读书的口味变了。我很诧异去今不过一百多年，雨果那辈人竟是如此光明、磊落、善良、简单，像是没有影子的人。——周作人说："把灵魂卖给魔鬼的，据说成了没有影子的人，把灵魂献给上帝的，反正也相差无几。"尤其是《悲惨世界》比福楼拜的《包法利夫人》还晚面世五六年，而在某种意义上讲，包法利夫人正是上了雨果"人间没有爱，太阳也会灭"这种话的当了，送了自家也送了包法利先生的命。雨果式的（传统说法叫"积极的"）浪漫主义好比人类的青春期，或许美好，但已经过去了。总是不过去，那就是生病了。

一九七八年"五一"节，外国文学名著得以"解禁"，大概就在那天，抑或是其后不久，新华书店送书到大学里来卖，我得到《安娜·卡列尼娜》《鲁滨孙漂流记》《莫泊桑短篇小说选》《契诃夫小说选》等，是为我买书生涯的开始，从此我也就较成规模地读西方小说了。不过相关知识甚少，都是听年长者介绍得知；他们也只是凭借自己"文革"前的一点印象，而那时视野本来就很狭隘偏颇。大家都盯住法国的巴尔扎克、司汤达、梅里美、莫泊桑、左拉，英国的狄更斯，美国的马克·吐温、杰克·伦敦，俄国的托尔斯泰、契诃夫等。此前我曾经很景慕巴尔扎克和左拉那种大规模的长篇小说，但是巴尔扎克只读过《高老头》《邦斯舅舅》，左拉只读过《小酒店》；《人间喜剧》和《卢贡-马卡尔家族》中其他小说，这会儿才读得较多。我发现巴尔扎克《欧也妮·葛朗台》《高布赛克》这类写"典型"的小说，人为制造痕迹很重；《贝姨》《幻灭》等稍稍圆融一些。总的来说，巴尔扎克安排得过分，强调得也过分。左拉的小说，除《娜娜》有些意思外，大多枯燥乏味。若论才气，左拉远远不如巴尔扎克。所谓反映社会的各个方面，其实未必是他们的优点所在，可能反倒因此受到损害。巴尔扎克的《驴皮记》，虽然名列"哲学研究"，与《人间喜剧》并不一致，却是他最有深意的作品。

狄更斯的书洋洋洒洒，漫无边际，立意浅显，感伤味道太重，但是在描绘"众生相"方面，他确实与巴尔扎克不相上下。他的小说，印象不错的只有一部带点幽默色彩的《匹克威克外传》，《双城记》则嫌太夸饰，开头那几句"这是最好的时候，这是最坏的时候；……"的话，被大家传诵不已，其实空泛得很，任何时代都可以拿来形容的。特罗洛普曾在自传中坦承自己每天须写多少小时，每小时须写多少字，此举极大伤害了他的声誉。我读他的《巴塞特郡纪事》，也觉得这是个老实人。对于中国读者来说，特罗洛普几乎完全掩隐在狄更斯身后，但相比之下，他更少伤感，更多沉稳。

附带说一句，我对文艺复兴及此后一段时间的作品一直不大感兴趣，总觉得人类这时有点幼稚；当然除了塞万提斯的《堂吉诃德》之外，他说得上是那时代里唯一的明眼人，把整个人类的可悲又可笑之处都看透了。堂吉诃德之所作所为究竟有意义还是没有意义，对此追究本身就没有意义；无论如何，堂吉诃德活过了几乎疯狂的一生，就像桑丘·潘沙活过了几乎清醒的一生一样，他们各有各的理想，但最终所有理想都落空了。薄伽丘的《十日谈》也喜欢，这书从一场瘟疫写起，不过作者强调这只是"暂时的凄凉"，"接着而来的就是一片欢乐"。其中的故事也以描述欢乐的内容居多，虽然不少属于恶作剧。我印象最深的是第八天第七个故事：学者设计报复一个寡妇，让她赤身裸体困在屋顶上，几乎被太阳晒死。作者说："唉，愚蠢可怜的女人，竟然不知好歹，跟学者斗起智来！"这是一本畅所欲言的书，正是文艺复兴气象所在。

我尽管早已告别雨果，然而以后一度热衷的罗曼·罗兰，其实还是在这一方向之上。大学前两年经常回家住宿，在往返的公共汽车上，先后读了几百万字的小说，就中分量最重的就是《约翰·克利斯朵夫》。人在青年时需要某种激励，《约翰·克利斯朵夫》正有这种用处，过了这个时候也就算了。这本书与其说是小说，不如说是抒情长诗，作者无疑才华横溢，感觉也很不坏，所写的几位女性都可爱，但是回想一下，毕竟浮夸得很。只不过此时底气尚足，到了《母与子》，就只剩下虚张声势了。

还有茨威格，我在他身上下功夫最大，几乎每篇小说都写有札记，还跟戴大洪逐一加以讨论。他的《一个陌生女人的来信》

《一个女人一生中的二十四小时》等，曲折缠绵，诗意盎然，我那时曾有"美是对生活的补充"的肤浅想法，在日记中一再提及，就是读他的小说体会所得。不过后来看出他还是在制造传奇，比较简单，又渲染太过，尤其是长篇小说《心灵的焦灼》，简直是絮聒单调了。茨威格是个不幸生在现实主义年代的浪漫主义者，对人间的希望未免太大，与所描写的人物及其情感也太过切近。最后的《象棋的故事》倒有点"隔"了，深沉痛切，该是他最好的作品。总的来说，茨威格写的传记比小说要好，我还记得多年前读的《玛丽·安托瓦内特》临近末尾处的句子："刽子手将安托瓦内特的头插在两腿之间，尸体装在一个小手推车上推走了。"但那本特写性质的《人类的群星璀璨时》除外，我嫌它有点幼稚。

说来此后我对浪漫主义已经相当反感，但是某些带有浪漫主义色彩的作品，却仍然用心去读，有的至今还是难忘。首先要提到艾米莉·勃朗特的《呼啸山庄》。她姐姐夏洛蒂·勃朗特的《简·爱》原先读过，几年后重读时印象欠佳，觉得人物、情节的设计都不高明，与《呼啸山庄》简直无法比拟。夏洛蒂的才情显然不及艾米莉，但是《简·爱》对于一般读者的影响，却似乎在《呼啸山庄》之上，这也许与简·爱的人生目标明确极了，也实在极了有关。世界上有些事情是突如其来、不可理喻的，《呼啸山庄》即为其中之一；这里有种原始得近乎野蛮的生命气息，为世界小说史所罕见，后来只有在茨维塔耶娃的诗里才感受到一些。谈及作家的生活经验，我就想起梅特林克关于艾米莉所说，"她从来没有恋爱过，从来没有听见过幽径上响起恋人美妙动听的脚步声，她在二十九岁死去时还是一个处女"，然而她却写出了椎心泣血、近乎疯狂的爱情。

库普林的《阿列霞》和《石榴石手镯》，在世界范围内也算得上写得最美的爱情小说。说来这路小说最难写，要纯净而不单薄，曲折而不夹缠，够火候，不夸饰。而库普林别种题材的作品，如《决斗》《摩洛》等，便没有这么纯粹。库普林的好处，正在纯粹二字，但是比起茨威格，到底复杂一些，深厚一些。这或许该归结于整个俄罗斯文学所具有的底蕴，库普林也正是比茨威格底蕴深厚，有种本体意义上的悲剧意识。他写的是非人间传奇，不是人间传奇。他眼中的人间，只是《亚玛街》所呈现的那个丑陋污秽的人间。帕乌斯托夫斯基可以说是库普林的继承者（当然他更多地继承了蒲宁），他的两卷本选集，特别是那些短篇小说，简直是冰清玉洁。索尔仁尼琴《癌病房》写到一对不放弃生活希望的老流放者时说："要是他们在书店里发现一部两卷本的帕乌斯托夫斯基作品选——高兴得不得了！"这特意写下的一笔用意很深。或许我们对待某些作品，不能不将其与所产生的环境联系起来；作家所要做的只是不肯同流合污，所以他才那么洁净。还有亚历山大·格林，他的《红帆》在憧憬彼岸时，也没有将这种憧憬与此岸联系起来。这是我之所以能够接受苏联时期某些浪漫主义作家的关键所在。帕乌斯托夫斯基等在苏联文学里并非反对者，只是边缘人物，可以说别有志趣；虽然苏联文学多年处于高压之下，但是无论体制，还是作家自己，却都能接受这种形式的存在，这也是很有意思的。

劳伦斯也可以顺便在此一说，虽然并不是浪漫主义作家，但是要说浪漫气总归还是不少的。值得注意的是他笔下的性所具有的象征意义，个人生活因此成为整个世界的写照。只是读得多了，感到这种象征未免显得过于直接。《儿子与情人》比《查泰莱夫人的情人》要舒畅一些，后者太过紧张。《虹》和《恋爱中的女人》则比较粗疏，其他几部长篇小说都很差。他的短篇小说写得好些，如《骑马出走的女人》《木马优胜者》等。《骑马出走的女人》虽然也做作（他的小说，除了《儿子与情人》，都有点做作），但是的确就像那个女主人公似的，始终写得恍恍惚惚，他的浪漫气较好的一面，就在这里。

我对阅读文学史有极大兴趣，但是苏联人和中国人自己写的除外。迄今已收有世界文学通史一种，犹太二种，欧洲三种，英国五种，法国五种，美国十二种，日本五种，古希腊、瑞典、丹麦、德国、低地国家、加拿大、苏联各一种。读了几本文学史之后，无论买书，还是读书，都可以说是略知门径。另一方面，也逐渐有了自己的特别口味。总的来说，在文学这一领域，我最佩服人类的几种能力，即克制力、穿透力和想象力，其中无论哪一方面得到超常发挥，我都认为是文学的最大成就。西方小说虽然是胡乱读的，没有任何计划可言，但是毕竟在上述这些方向上用心较多。此外，我也一直关心小说的形式问题。现在便循此线索，挑拣几位作家说说印象，其印象颇深而未谈及者，尚有许多，好在也没有必要一一说到，只是随便聊天而已。

一个作家面对作品（人物、情节和叙述方法等）的克制程度，就是他面对读者的克制程度，也就是他的心灵的坚强程度。人类永远有自我表现的欲望，写作是实现这一欲望的最佳途径，前述雨果、罗曼·罗兰之流，不过是表现得急不可待而已。而艺术力量的真正体现，在于作家能够最大限度地控制自己，克服自我。这或许是寂寞的，——对读者来说，多半正期待着作家充分表现自己，因为这同样满足了他们自我表现的欲望；然而是伟大的。这方面给我最大启示的是福楼拜。我一开始读他就喜欢上了，而且兴趣越来越大。福楼拜那本薄薄的《三故事》，可以视为其全部文学的缩影。所收三个短篇分别代表不同方向:《淳朴的心》以及《包法利夫人》和《情感教育》的作者，是现实世界里的福楼拜;《圣朱利安传奇》以及《圣安东尼的诱惑》的作者，是宗教传说里的福楼拜;《希罗迪娅》以及《萨朗波》的作者，是异邦的浪漫故事里的福楼拜。在每个方向上福楼拜都写到极致。他的作品虽少，却都是"到此为止"之作。小仲马说过，为了做个首饰匣子，福楼拜得砍伐一片森林，以他写作的那个严格劲儿，不是最好的就不写了。《包法利夫人》的一切（从主题、情节、作者的态度到叙述方式）都完全一致，都是针对浪漫主义的。这样就同时做了两件事:终结了浪漫主义，完成了现实主义。包法利夫人的罪过是梦想，是浪漫。书中最残酷的一笔，是她服了砒霜而久久不死，作者还要细细记述这一过程。包法利先生对一切全然无知，他也在梦中，他的罪过也是浪漫。然而福楼拜并不强调因果，他只陈述事实;包法利夫妇的死，不是基于因果关系，而是事实如此;所以他不是道德家，是艺术家。做到这一点很难，此前此后多少小说家，都忍不住要表态，要介入，要显示自己的存在。福楼拜则尽量回避，所以他是伟大的艺术家。现实主义首先是一种态度。这一点，从他几部小说的结尾也可以清楚看到，如《包法利夫人》："他新近得到十字勋章。"《希罗迪娅》："头重极了，他们就替换着捧在手中。"《萨朗波》："阿米尔卡的女儿因为接触过月神的神衣，就这样死了。"都是斩钉截铁，丝毫不留情面的。向来小说写的都是传奇，《淳朴的心》则最大限度地排除了传奇性，是最接近本质的作品，写得感人至深。在《包法利夫人》和《情感教育》中，读者领略了福楼拜那上帝般的客观冷静；当作家的目光不复投射于身边的日常生活，而转向异邦的浪漫故事或宗教传说时，笔触仿佛变得神采飞扬起来，由此呈现了另一个毕生热衷幻想的福楼拜。《情感教育》概括地说写的就是"一个人与他的时代"。后一点，从这样一位旁观、听说与被动卷入多过主动参与的角色的角度描述一八四八年法国革命，真乃大手笔；前一点，弗雷德里克·莫罗受到浪漫主义的影响，无论情感上的，生活上的，还是人生方向上的，其实与包法利夫人一样深，同样因此一生都被毁了，只不过这种影响在女性身上表现为一种无以复加的愚蠢，在男性身上表现为另一种无以复加的愚蠢罢了。莫泊桑是福楼拜的学生，二人路数却正相反：福楼拜要害在"收"，以精致取胜；莫泊桑要害在"放"，创作生涯虽短，作品数量却多，不免泥沙俱下，所写更接近于人世间的"原生态"。他的短篇小说，我最喜欢《羊脂球》，长篇小说中，觉得《如死一般强》《我们的心》要好过《一生》、《漂亮朋友》和《温泉》。

此前有两位作家我倒很是佩服，一是司汤达，他的《红与黑》、《巴马修道院》和《吕西安·娄凡》，严格限制在"说别人的事情"的范围内，冷静，对人生不乏清醒认识；一是奥斯丁，她的《傲慢与偏见》、《爱玛》和《劝导》，现实而又睿智，看似写了好结局，其实都是剖析和嘲讽人性的缺点的，用鲁迅的话说正是"喜剧将那无价值的撕破给人看"。如果要我列出最喜欢的小说，就包括《傲慢与偏见》和《呼啸山庄》，一个那么理智，一个那么疯狂。

若论在作品中克制自己，尤瑟纳尔较福楼拜犹有过之而无不及。她写《哈德良回忆录》《一弹解千愁》采用第一人称，这时作者特别强调这一叙述方式的局限性，即"我"不可能什么都知道，"我"知道的也不可能都如实说出，"我"可能有意回避一些内容，歪曲一些内容，从而摒弃了小说中一切不应出现的成分（这在别的作家同样写法的小说中常常堂而皇之地出现）；同时她又利用了这种局限性，使得小说中应该出现的成分得到最充分的体现。她的《熔炼》虽然是用第三人称写的，但作者的"我"同样被遏制到不见踪影。

开始读果戈理，我只觉得他写得可笑，后来才发现，他是人世间最为冷酷的作家，对于即便是可怜的人也不予以丝毫怜悯，正所谓"天道无亲""天地不仁"。他笔下那些人物可以被形容为"平庸的善"，而且一概如此，并无例外。冷酷当然不只是克制力的表现，但是包含了这个因素在内。《死魂灵》和《彼得堡故事》看上去可笑，内底里却相当可怕，若只看到可笑，那么根本就是不懂果戈理了。《死魂灵》情节很简单，但写得特别充分。果戈理可以说是前卡夫卡时代的卡夫卡，对这世界他尚能冷眼旁观，卡夫卡却不得不直接面对了。谢德林有点果戈理的影子，他的《哥略夫里奥夫家族》也很阴冷，但毕竟还是在造气氛，不似果戈理全都出以轻松嘲讽。大概一个是冷在头脑里，一个是冷在骨子里罢。说实话果戈理最难学的地方就在这里。后来俄罗斯学他的很多，但不过学得皮毛，前有"契洪捷"，后有左琴科，都是如此。大概只有布尔加科夫真正得其深髓，在《恶魔纪》、《不祥的蛋》和《狗心》中有所展现。

八十年代初我和很多人一样，非常热衷海明威的作品，《老人与海》中那句"人不是为失败而生的，一个人可以被毁灭，但不能给打败"，不知成了多少人的人生格言，我也在日记和通信中引用过多少次。后来我更喜欢他"迷惘的一代"时期的作品。

特别是《太阳照常升起》，这是一部几乎完全由旁人眼中的废话组成的小说，但是人物的心态和面貌却从中清晰浮现出来。意思不在字面写着，全靠进一步体会出来。我边读边想，他居然一点也不害怕写得枯燥，这需要有多大毅力。这是与读者的兴趣和耐力进行的一场战争，而海明威是获胜者。他写过不少"硬汉"，其实通过他的写法，比通过他所写的人物，更能看出作者的个性。海明威最好的地方，就是不取悦于人，这在他的《白象似的群山》《杀人者》《一个干净明亮的地方》等短篇小说中也有鲜明体现。《永别了，武器》也是好书，自说自话，如入无人之境。我读到这书的结尾，亨利得知凯瑟琳产后出血、情形危殆时那段内心独白，特别感动。《丧钟为谁而鸣》，还有《老人与海》，就有点儿对人讲话的意思了，大概这时他已经成了偶像，所以需要这样。《丧钟为谁而鸣》写得远不如《太阳照常升起》、《永别了，武器》和那些短篇小说，但《老人与海》毕竟还是一篇完美的寓言。——附带说一句，我一向对寓言体小说很感兴趣，结构本身就能充分体现主题，最为有力。"迷惘的一代"与"硬汉"乍看是两码事，其实正是一体的：一个人对世界敏感，才会迷惘；因为敏感，才意识到是不是有被打败的可能。如果对这个世界根本无所感悟，就谈不上被它打败或不打败。前面讲到《太阳照常升起》的写法，桑切斯·费洛西奥的《哈拉马河》可以认为是在此基础上更进一步，作者不加选择地将实际发生的对话记录下来，成就了一部小说，也是大手笔。

英国有两位作家，一直很合我的心意。一是毛姆，一是格林。他们的共同特点，可以说是有绅士风度，充满幽默，不动声色，以一种悲悯和智慧的眼光俯视人间。毛姆的小说，是从《月亮和六便士》读起，还曾经因此受到某种激励；后来读了他很多长篇和短篇小说，发现总的方向恰恰与激励相反。《月亮和六便士》与人物和事件的距离仍嫌过近，《寻欢作乐》、《刀锋》、《山顶别墅》和一些短篇小说更好一些。至于《兰贝斯的丽莎》《人性的枷锁》这样的感伤之作似乎根本不必由毛姆来写。指望从毛姆这样的作家笔下获得正面的人生意见，指望他会演绎"好好学习，天天向上"的故事，不啻如《庄子》所说"求马唐肆"，注定落空，然而这恰恰是毛姆最好的地方。虽然相比之下，格林还要冷峻、黑暗得多。换句话说，毛姆仍然置身文明之内，开些玩笑而已，格林则有着颠覆这一文明的倾向。格林笔下多半是些脱离了固有人生轨道的人物，他们从原来的生活秩序里，被外界或自己孤零零地给抛了出来，无法面对此后的人生，无法面对仍然与其相关的世界。格林的小说，我最喜欢《问题的核心》、《恋情的终结》和《布莱顿硬糖》。《恋情的终结》与其说是凄绝的爱情小说，不如说是深刻的宗教小说，若以写法论，这本最可注意。我尤其佩服格林自始至终都像上帝一样不动声色，但又写得特别深入。格林那些"消遣小说"如《一支出卖的枪》等更好看。如果要在世界范围内推举一位非常会写，也写得很好，作品既深刻，又好看，可以欣赏，还可以消遣的作家，我大概首选格林。毛姆的短篇小说《雨》让我联想到法朗士的《黛伊丝》，这本是讽刺的书，却如鲁迅所说写出了"这位修士的内心的痛苦"，我一直很喜欢。法朗士是最具高卢气质的作家——潇洒、爽朗、尖刻、幽默，亦不无肤浅夸饰之病，毕竟还是文士，而非智者。

瑞士的迪伦马特论水准在毛姆之上，他的《法官和他的刽子手》《诺言》，并不亚于格林最优秀的作品。迪伦马特的小说没有格林笔下那种宗教背景，智性因素大于情感因素，更侧重于揭示人生的徒劳与命运的莫测。《诺言》中的马泰依有足够的正义感、责任心，有足够的破案技能，他也足够尽心竭力，但是"人算不如天算"，终究还是个不了事汉，被反而险受其害的海勒太太骂作"你是一头猪"。——那个女人是既代表天，也代表根本不"算"的人，对他做这番评价。读罢小说一想，她说的倒也中肯。结合对迪伦马特来说更重要的剧本创作来看，他是极少数同时堪称"作家里的作家"和"智者里的智者"的人。

从某种意义上讲，纳博科夫与格林、迪伦马特也在同一方向，他的《防守》《黑暗中的笑声》《绝望》《塞巴斯蒂安·奈特的真实生活》《洛丽塔》《普宁》《微暗的火》，写得更智慧，更轻松，更具喜剧色彩，但也更黑暗，在反理想的路上走得更远，而且在他的绅士风度里奇异地掺和了一种俄罗斯式的疯狂。以才华论，世上很少有一位作家可以与纳博科夫相匹，但他却始终充分而又有节制地运用才华，而绝非卖弄才华，这是最难得的。

七十年代末，我开始对存在主义感兴趣，尽量搜求萨特和加缪的小说、剧本。当时成本的书出版很少，大多从杂志上看到。首先读的是萨特的小说《恶心》和《墙》中的几个短篇，剧本《间隔》、《死无葬身之地》和《肮脏的手》，加缪的《局外人》和《鼠疫》，以及《流放与王国》中的几个短篇。萨特更多的剧本，加缪的《堕落》以及几个剧本，都是后来买了他们的集子时才读到的。《恶心》和《墙》，还有萨特和加缪的剧本，当然都是宣扬他们的思想的，但是一切都做得巧妙，完美。《肮脏的手》简直天衣无缝。我对萨特的兴趣，逐渐从思想转移到艺术手段方面。加缪的几部小说，尤其是《局外人》，更使我从福楼拜那里获得的启示被强化和升华了。态度即哲学，然而这并不简单。默尔索的淡漠只是冰山露出海面的一角，他有着广大的精神世界，只不过这世界仅仅属于他自己而已。加缪的小说，无论《局外人》，还是后来的《堕落》《流放与王国》，色调都很冷，甚至很阴暗，唯独《鼠疫》是暖色的。这不应该算是他最好的小说，但是我却前后看过好几遍。前面讲过我喜欢寓言体小说，《鼠疫》也是一篇好寓言。此外我还在这里找到自己的一个理想形象——格朗，他为了写好一句话，几乎用了一生时间。附带说一句，加缪在《西绪福斯神话》中所说的"重要的不是活得最好，而是活得最多"，是我一生的座右铭。

存在主义其实有介入和抵御两种态度，可以分别以《苍蝇》《鼠疫》和《恶心》《局外人》来代表，而美国的黑色幽默，似乎与后一态度多少有点渊源关系，无论萨特，还是加缪，都还很严肃；如果转化为一种玩笑，亦即彻底放弃了那个存在主义从来不肯放弃的价值观念（介入与抵御都是以承认某种价值观念为前提的），也就成了黑色幽默。而这差不多就是我自己的思想发展脉络。海勒的《第二十二条军规》是我大学毕业那年戴大洪推荐的，当时我还不大能理解，加之这书作为小说写得并不算太好（后来的《最后一幕》《上帝知道》似乎艺术性更强），就放下了。以后读到冯尼格不少小说，如《五号屠场》《囚鸟》等，重读《第二十二条军规》，才深有体会。黑色幽默是主题，小说都是写实的，是现实主义文学新的生命。回过头去再看存在主义，还是理想的成分较多。但是黑色幽默就文学而言到底有点单薄。美国几位犹太作家，如贝娄（《赫索格》《洪堡的礼物》等）、辛格（《卢布林的魔术师》《冤家，一个爱情故事》等）和马拉默德（《伙计》《杜宾的生活》等），笔下更多辛酸味道，较之黑色幽默文学更深沉，更有分量。从这三位作家可以得知，犹太文学是世界上少有的很有根基的文学。

所谓穿透力，主要体现在人生体验和情感体验方面。我总希望读到超越常规体验的东西，希望触及"本质"或"秘密"，特别是关于人类处境和人的内心世界的深刻揭示。在这方面，俄罗斯文学最令我有契合之感。我觉得无论从人生体验、情感体验，还是从作品本身的创造性和所具有的分量来讲，俄罗斯文学作为一个整体，都可以被形容为世界文学的青藏高原。而就一个群体的创作能力而言，也许只有西班牙语系作家差可比拟。俄罗斯文学又始终是以四位作家的作品作为柱石：陀思妥耶夫斯基的苦难意识，托尔斯泰的道德倾向，屠格涅夫的诗意和果戈理的冷峻，构成了最主要的基调，后来作家无不受此影响，不过有时是偏重的，有时是综合的。若论个人口味，则最接近陀思妥耶夫斯基，其次是果戈理，托尔斯泰未免敬而远之，屠格涅夫不能不屈居末位了。果戈理前面已经谈过。屠格涅夫的小说，最早读的是《前夜》，使我感动；接着是《罗亭》，使我激动，但是后来回想起来，似乎还是简单了一点儿。其他四部长篇也陆续读了，以《烟》的印象为最好。他的《木木》，写得也很凄绝。总的来说，屠格涅夫味道偏甜，不甚对我路数。

托尔斯泰首先读的是《哥萨克》，韵味很像普希金、莱蒙托夫写高加索的那些诗篇。托尔斯泰是一位同时具有强大艺术力量和强大道德倾向的作家。至少在他最主要的几部作品《战争与和平》、《安娜·卡列尼娜》和《复活》中，这两方面并未如其愿达到相得益彰。然而他的艺术力量仍是强大的，就像他的道德倾向仍是强大的一样。我喜欢《安娜·卡列尼娜》胜过《战争与和平》，更胜过《复活》。三部作品皆能表达其理想诉求，唯文学不只为表达作者理想诉求，以艺术水准论，则《复活》较之前两部相差不少。《安娜·卡列尼娜》里写了平行的两个故事：安娜的故事是直面现实的，列文的故事是为现实开药方的，前者充满魅力，后者以篇幅计恐怕还不止一半，却是枯燥乏味。然而若没有列文作为对比，则托氏根本不会写安娜了。读者看来安娜非常美好，在作者眼中当然不是这样，这是他的矛盾之处；然而最终安娜归于毁灭，矛盾也就解决了。书前题词说："伸冤在我，我必报应。"这个"我"是上帝，也是托尔斯泰。无论卡列宁，还是伏伦斯基，都并不对安娜的悲剧负责，负责的是安娜，归根结底则是上帝和作者自己。安娜愈美好，对她的毁灭就愈有力量，这是上帝和作者的力量。托氏有力量把她塑造得无比美好，也有力量把这美好彻底毁灭，他有这个自信，因为他有这副艺术手段，这两方面别的文学家很少达到他那程度。我们读这本书，把美好看得最高，作者其实觉得很低，他有自己心目中更高的东西，只不过我们很难有同感罢了。托尔斯泰给我留下的另一个很深的印象是描述很有本事，别的作家都把对象放在焦点上写，他却能写散点，譬如写到大型聚会，居然人人面目清晰。

大学毕业之后，要等二十天才去医院报到上班，我盘算一下怎么利用这段时间，结果决定用来读陀思妥耶夫斯基的《卡拉马佐夫兄弟》。此前我已经读了《穷人》《白夜》《被欺凌与被侮辱的》《死屋手记》《地下室手记》《白痴》等，此后又读了《罪与罚》《群魔》《少年》。我很希望将来能再用上整整一年时间，把这些作品按照写作顺序重读一遍，我觉得那本身就是令人向往的一次漫长、丰富而深刻的心灵历程。前面把俄罗斯文学比作世界文学的青藏高原，那么陀思妥耶夫斯基就是珠穆朗玛峰了。他的小说，如果要我特别举出几部谈谈印象，也许《卡拉马佐夫兄弟》最伟大，《罪与罚》最深刻，《白痴》最痛苦，《群魔》最黑暗，而它们一概都惊心动魄。此外《死屋手记》有他很少见的纯净。《地下室手记》则可以视为整个陀思妥耶夫斯基文学的一份索引。陀氏最长于架构，作品都是宏大的建筑；处理起来又很有办法，几乎没有解决不了的困难。譬如《罪与罚》中，拉斯柯尼科夫的杀人是有哲学意义的，而记述这个杀人犯的全部心理过程，又是作者自己哲学的体现。那么如何揭示他的特殊动机，就是关键所在。这里陀氏处理得最出人意料，也最简单不过：行凶之前，拉氏在一家小饭馆里，听到两个人谈论的正是他的思想："小饭馆里的这次无足轻重的谈话，在事情的进一步发展上对他产生了异乎寻常的影响。"也只有他才能如此举重若轻。作者调动人物出场，多半是用这种戏剧手段。在他的小说中，对话有着超乎寻常的重要性。虽然托尔斯泰在最后一年的日记里批评道："对话简直受不了，一点也不自然。"我却觉得陀氏的对话最传神。大概托尔斯泰不能接受的是对话里所反映的人物的病态心理罢。这涉及一个问题：所谓人的正常心理状态，究竟是实际存在，还是一种理想的假设呢；如果仅仅是假设的话，那么陀氏的写法就再正常不过了。梅列日科夫斯基说，托尔斯泰发现了肉的秘密，陀思妥耶夫斯基发现了灵的秘密，他是别有深刻意思，但我的确是从这里入手来理解这句话的。另外一向有种说法，托尔斯泰代表了俄罗斯文学的广度，陀思妥耶夫斯基则代表了俄罗斯文学的深度。在我看来，《战争与和平》的广度，陀氏诚有所不及；但《死屋手记》《罪与罚》《群魔》等所展现的另一种广度，托氏亦未达到。两位有不同方向的广度，更有不同层次的深度。托尔斯泰的开掘止步于人性的常态，陀思妥耶夫斯基则超越人性的常态而达于极致。陀氏又最擅长写那路闹剧或丑剧式的人物，像《白痴》中的莱白及夫，《卡拉马佐夫兄弟》中的老费多尔等，一出场大家都觉得难堪，连读者都很难受。我隐约感觉，大概作者自己在生活里正是这样的人罢。陀氏还被称为"残酷的天才"，好像他对别人（如小说中的人物，甚至读者）如何似的，实际上这是皮毛之见，他只是对自己残酷而已。还有一点值得提及，同时代的作家中，以后似乎只有陀思妥耶夫斯基的思想不断被大家讨论，很多思想家都从他那里汲取源泉。他是大作家里的大思想家，但并没有专门的思想方面的专著，他所有的思想几乎都写在文学作品里了。

此后的所谓"白银时代"作家，从某种意义上讲，是混同了果戈理、屠格涅夫、托尔斯泰和陀思妥耶夫斯基，而又向前发展一步，可惜历史未能给他们提供更进一步发展的机会。一般论家说到"白银时代"，概念多半含混不清，我想其下限应该定在十月革命之际，此后在国内是苏联文学（二十年代和三十年代初正是其黄金时代），在国外是流亡文学，而后者与"白银时代"作家几乎是同一批人。蒲宁和库普林都受到屠格涅夫不小影响，我喜欢他们却胜过屠格涅夫。我对蒲宁可以说尤其偏爱，过去每年都要把他的小说选找出来重温一遍，也曾与戴大洪通信讨论。我最喜欢他去国之后写的那些爱情小说，如《米佳的爱情》《素昧平生的友人》《在巴黎》《三个卢布》等，他早期的《乡村》，完全由细节和场景组成，读了印象也很深刻。后来的《阿尔谢尼耶夫的一生》，若论构架不算成功，虽然其中最后一部即丽卡的故事，与那些短篇小说有异曲同工之妙。蒲宁和库普林都写爱情，但却根本不同：库普林写的是天上的爱，而蒲宁写的是人间的爱；库普林更纯洁，而蒲宁更深刻。他们之间似乎隔了一个世纪。阿尔志跋绥夫的《萨宁》稍显做作，但是有种肉欲与毁灭相结合而造成的独特魅力。萨宁是一个二十世纪的"新人"，价值观念与行为方式完全不同以往；而这正是小说《萨宁》的最大贡献所在。大大小小这类"新人"，使得这个世界发生了根本变化。当然安德列耶夫就更做作了，但他并不是写实的，做作不仅无妨，或许正是必需；他的《红笑》、《省长》和《七个被绞死的人》等，以鲁迅所说"灵肉一致"来概括，最为到位。高尔基读得较早，还是在多读苏联小说的年代，他的《母亲》也的确与后来苏联小说的主流是一致的，这书给我的印象欠佳，觉得虚假得很；《童年》和《在人间》则要真切得多。

契诃夫起先我多留意他以"契洪捷"为笔名写的《一个官员的死》《变色龙》之类小品，略有果戈理的遗风。他第一篇让我真心觉得精彩的小说是《哀伤》。最好的当然是其后期之作，如《没意思的故事》《第六病室》《姚尼奇》《醋栗》等。人无法承受普通生活，这是他的总的主题。契诃夫抑郁，黯淡，绝望，几乎令人窒息；但是这一切又都为他所克制着，往往只是一种暗示。我读过的小说中，没有比他的更耐得咀嚼，回味无穷的了。小说中最难描写的是感伤，很危险，弄不好就成了滥调，但契诃夫写感伤写得太好了。《你在圣弗兰西斯科做什么》《我打电话的地方》等小说的作者卡佛有美国的契诃夫之称，他也很善于写感伤，但主要是通过简洁来实现的，契诃夫却是怎么描写都好。卡佛的简洁深受海明威的影响，但假若他来写《老人与海》，我想不会写老人终于打着鱼，却被鲨鱼吃光，只拖了个巨大的骨架回来；而是写老人这次出海，什么也没遇见，什么也没发生，就像此前八十四天一样。在岸边等他的孩子替他难过，更有几分尴尬。契诃夫的剧本也是我爱读的书，特别是《海鸥》《万尼亚舅舅》《三姊妹》《樱桃园》，较之他的小说，好像更多一点飘忽惆怅的诗意。作者真是悲观到极点的人，只不过不轻易说出这悲观罢了。"生活过去了，好像我没生活过似的。"我读《樱桃园》还在二十年前，末尾这两句话至今不忘。

八十年代初我买到内部发行的马克·斯洛宁著《苏维埃俄罗斯文学》，用整整一个通宵读完，迄今还没有一本文学史类书籍给过我这么大的震动。我发现以往对苏联文学的了解，只限于两个层面，即几无成就的那一部分正统文学（如绥拉菲摩维奇、革拉特珂夫等），和正统或稍稍偏离正统的文学中成就较大的另一部分（如肖洛霍夫、帕乌斯托夫斯基等），而苏联文学中与正统根本对立同时也是最有成就的部分，我大多未曾接触过，甚至根本没听说过。其中我只读过索尔仁尼琴的部分作品，却没想到他实际上属于一个被活埋了的群体。此后这些作品陆续翻译过来，我都尽量买来阅读了。它们对我的影响可以说是在艺术和思想两方面，虽然我不大喜欢这么分开来讲，但是因为所处环境比较切近，阅读它们确实对我的观念彻底更新有很大帮助。扎米亚京的《我们》与赫胥黎的《美妙的新世界》、奥威尔的《一九八四》同称为"反乌托邦三部曲"，我几乎是同时读到；开始《我们》对我触动更大，关键在于这里的观念实际上是感觉，而感觉比观念似乎更具震撼力。与《我们》同样深刻的是后来读到的普拉东诺夫的《切文古尔镇》。如果说《我们》基本上还在形而上的领域，《切文古尔镇》则同时包容了形而上和形而下，在这里，现实本身就是严酷无情的。巴别尔的《骑兵军》和《敖德萨故事》人物命运飘忽不定，显得既残酷，又潇洒。帕斯捷尔纳克的《日瓦戈医生》，作为一部小说似乎写得并不十分理想，但是我从日瓦戈医生这个人物、他的抉择和他的命运中所得到的共鸣，也许超过此前和此后读过的所有苏联小说。苦难成就了索尔仁尼琴，而他也在小说（《伊凡·杰尼索维奇的一天》《第一圈》《癌病房》等）和别的作品中，把苦难升华到了前所未有的崇高地位。苦难不仅是经历了什么，更在于感受了什么，思考了什么。比较而言，我更喜欢《伊凡·杰尼索维奇的一天》,《癌病房》作为一部小说，写法上稍显陈旧，虽然其中有非常精彩的因素。俄罗斯作家似乎对人类尊严的底线特别敏感，无论这底线在何时何地被逾越，无论所涉及的是自己还是世界上的任何人，他们都无所顾忌做出反应。

这里讲到情感体验，可以顺便说一下小说的诗意。不少作家都把小说写得富于诗意，例如屠格涅夫、蒲宁、库普林等，还有哈代。哈代的小说我也很爱读，特别是《德伯家的苔丝》和《无名的裘德》，忧郁得近乎绝望。但是这种诗意只有到莫里亚克笔下才达到极致。为此我打算写一篇《谈诗意》，不过至今没有完成，暂且从中抄录一段："小说中的景物变化即刻为人物所感知，并且通过他的心理、情绪、言语和行为体现出对此的反应，这种情景交融、混同内外的描述，就是小说的诗意。但是对于莫里亚克来说，诗意还不仅仅是小说中的一个有机成分，它甚至成为一种把握和塑造人物性格的方法，一种推动情节进展的机制，乃至一种总体上的结构方式。在《给麻风病人的吻》《爱的沙漠》《黛莱丝·德克罗》《蛇结》中，人物时时生活在特定的环境里，他的心理变化和言谈行为都为对环境的感应所左右；而且这种情况并不限于某一个人物，简直人人都是如此。环境成为人际关系和情节的一个奇异的参与者。"诗意最终是人物心理或情感的问题。在心理或情感方面，也很少有人像莫里亚克探索得那么深入。这在《爱的沙漠》里体现得最明显，那里人物并非不爱，但是彼此的爱始终不能同步，任何一个细微的环节都是如此，所以成了沙漠。

迄今为止，对于人类处境最为深刻的揭示，无疑要数卡夫卡的作品。卡夫卡显然受到陀思妥耶夫斯基很大影响，不过将他与前述整个俄罗斯文学加以比较，可以说是略有深刻与深厚的不同。卡夫卡在思想方面，犹如福楼拜在技巧方面，都是与我一拍即合的作家，或者说我心灵深处早已潜伏了这样两个人罢。概而言之，卡夫卡写的是世界上所有的一切，无论看似与你有关的，无关的，都构成对你沉重而持续的打击，都是你活下去的最大障碍。你得先有他写的这份感受，才能去读他的作品——你感到孤独无告，就读得进去《诉讼》；感到莫名惊恐，就读得进去《地洞》；感到自己不是自己了，而且还得继续承受这不是自己的悲惨命运，就读得进去《变形记》。卡夫卡不给读者以安慰，但我们读完之后获得最大的安慰是，原来世上早就有个人跟我的感受一样，而且真切得多，深刻得多，也广大得多。写于一九一二年的《判决》，不妨视为卡夫卡已经完全成熟的标志，以后将近十年时间，他的作品风格，似乎又可以分为前后两个时期：《判决》《在流放地》《变形记》《诉讼》《中国长城建造时》，非常强烈，准确，清晰；而最后两三年里完成的《城堡》《饥饿艺术家》《地洞》《女歌手约瑟芬或耗子民族》，似乎更复杂，更混乱，有放弃与现实（卡夫卡个人的生活，以及整个世界）之间的譬喻关系的倾向。尽管无辜和莫名是他所有作品的基调，可是此前无辜和莫名总还有个承受者，此后无辜和莫名本身成了主体，笼罩一切。不再是"我"存在于荒诞之中，荒诞已经是"我"的全部存在。卡夫卡最后给我们的感觉，只是无以言说而已。这稍有区别的两个时期的作品，我都喜欢，它们分别给我不同的深切感受；但是我也明白，最后的卡夫卡最伟大，最不可企及。所谓"现代"和"后现代"，卡夫卡兼而有之。我读卡夫卡还有个感受：作者采用第三人称写的小说，无论是《变形记》里的格里高尔·萨姆沙，还是《诉讼》里的约瑟夫·K，《城堡》里的K，一旦将他们置于某一境遇之中，作者即穷尽那种境遇给这人物带来的一切，同时也站在人物本身的立场穷尽他对此的全部感受，这时的"他"就与《地洞》中的"我"没有什么区别了。

与卡夫卡的黑暗多少有所呼应的是康拉德，康拉德对于他的文明来说，可以用其一部作品的题目来形容，就是"黑暗的中心"，他的小说，也以《黑暗的中心》最为惊心动魄，可以视为整个人类追求理想的悲剧。而戈尔丁的《蝇王》，揭示人性才是黑暗的中心。从某种意义上讲，穿透力是有赖于克制力的，卡夫卡如此，此前的哈姆生也是如此。他的《饥饿》写的本来是切身的感受，所以非常扎实饱满；然而他始终又能冷静深刻地观察这一感受以及自己情绪的发展变化过程，这就实现了更高意义上的丰富深刻。这里要提到的还有"反乌托邦三部曲"另两位作者赫胥黎和奥威尔，"乌托邦"全无实现之可能，"反乌托邦"却至少部分地实现了。《美妙的新世界》关于科学进步终将成为人类社会的灾难的预言，或许较之《我们》和《一九八四》更难为我们所摆脱，因为毕竟不像后两种作品所描写的政治乌托邦那样带来的只是灾难。如何实现对温斯顿这类人的思想改造，构成了《一九八四》的主要内容之一，这一点事先已经在库斯勒的《中午的黑暗》中详尽描述过了，区别在于，奥威尔还是在预言，而库斯勒所写的是现实。某种意义上讲，陀思妥耶夫斯基的《群魔》可以被看作《一九八四》的前传，那里的彼得·韦尔霍文斯基正是还没有上位的奥勃良，以及背后那位无形的老大哥。《群魔》是一部先知之书，可以说是陀氏留给后世最切实的一份精神遗产。他不仅什么都说到了，而且什么都说到头了，然而在他身后的二十世纪，他说过的还是都发生了，性质并无二致，只是规模大到整个世界，范围波及绝大多数人罢了。附带说一句，我读此书，时时感到自己被卷入某种剧烈的风暴之中——那种来自人性的深渊，来自人的黑暗的思想、疯狂的念头、怪诞的性格、令人难堪的言语与动作的风暴，情节的进展，人物关系的变化与深入，以及故事的叙述方式，都很精当，也很自如。卡内蒂的《迷惘》，虽然以小说而论未必算是写得很好，但我们由此可以得知极为重要的一点：个人一旦接纳群众，其赖以存在的基础随即丧失，等待他的只有毁灭。卡夫卡更多面对体制，卡内蒂则感到了来自另一方面即群众的威胁，而当时猖獗的法西斯，正是上述两方面的合流。从这个意义上讲，卡内蒂是卡夫卡的直接继承者。还可以提到昆德拉，他的《生命中不能承受之轻》所讲的媚俗，实际也就是放弃独立思考，接受权力语境或群众语境，而这两者往往是一回事。昆德拉是个长于思考的作家，如果单看他写的故事，不啻买椟还珠。

如果我们不按照出生及写作的前后，而按照对于这世界的看法的光明与黑暗，或者说按照希望与绝望，将古往今来的作家排一个队，卡夫卡几乎是排在队伍的末尾处，继乎其后写作的作家也要排在他之前，唯有奥康纳可能排在他的后面。在奥康纳的《好人难寻》《善良的乡下人》《人造黑人》等小说中，一直着力描述一个事实：这世上善良或愚昧的人的最后一小块立足之地，如何被毫无缘由地摧毁殆尽。她笔下黑暗的强大力度，真是绝无仅有的。

后来的荒诞派戏剧，显然也最大地得益于卡夫卡。我读的都是剧本，但是可以仿前一篇的例，在这里略说几句。中国介绍荒诞派文学，其实不算太晚，我有《荒诞派戏剧集》和《荒诞派戏剧选》两本集子，分别出版于一九八〇年和一九八三年，其中某些剧本最初在杂志上发表，可能尚在七十年代末。不过那时我还热衷于存在主义，不大分得清楚萨特（特别是《禁闭》《恶心》）、加缪（《局外人》）与贝克特、尤涅斯库的区别。其实存在主义到底还是具有价值观念的，《恶心》与《局外人》所表现的是对荒诞的感觉，而不是荒诞，感觉的主体实际上置身于荒诞之外；即使《禁闭》所提出的"他人即地狱"的命题，也还存在着一种超越其上的对比，一份为作者所拥有的清醒。而在荒诞派戏剧中，荒诞是一切，荒诞之外不复有任何不荒诞之物，连同作者本身在内。贝克特的《等待戈多》和《哦，美好的日子》涵盖最大，尤奈斯库的《秃头歌女》《椅子》《犀牛》稍嫌明确，热内的《女仆》《阳台》则另有一股诡秘莫名的气氛。

趁着说到剧本的机会，不妨把话题岔开一下。我是很爱读剧本的，尤其是悲剧。虽然一向都把悲剧与喜剧相提并论，但是我从来不认为二者具有同等价值。对于历史、社会和人来说，悲剧是本质，喜剧不过是表象之一。古希腊的三大悲剧家我都佩服，其中接触最早的，是索福克勒斯的《俄狄浦斯王》，还在七十年代初，当时一点也不能领会。后来重读，觉得古希腊悲剧中，要数这一出分量最重。这里开头已经昭示了结尾，所有要发生的最终都将发生，人不论如何努力也无法改变这一趋势，而这正是奥登说的："悲剧在于不得不发生的事情发生了"，我觉得没有比这句话更能揭示悲剧的本质的了。俄狄浦斯是行动者，也是行动结果的承受者，这同时昭示了"人"与"人的命运"。在俄狄浦斯的悲剧中，他最终只是个执行人罢了。欧里庇得斯的《特洛亚妇女》，充满了末日的悲哀。莎士比亚的剧本，第一部看的是《驯悍记》，也在七十年代初，以后陆续都读到了。我觉得他绝顶聪明，但是未必足够复杂，或者说他有本事把原本简单的给写复杂了，他最有名的作品如《麦克白》《哈姆雷特》《奥赛罗》如此，他的历史剧也如此。我最喜欢的是《麦克白》和《哈姆雷特》。虽然以情节论，这些作品亦不无可议之处，即以《哈姆雷特》为例，第一、二、三幕极为精彩，第四、五幕则稍弱一些。最后的复仇，无论是哈姆雷特与雷欧提斯比赛，还是母亲误喝毒酒而死，其实都有些牵强。同样中了毒剑，雷欧提斯、克劳狄斯和哈姆雷特（他是最先中剑的）死去的循序，好像也太符合"需要"了。另外奥菲莉亚始终置身于整个故事之外。当然话说回来，莎士比亚剧作的长处本不在此，我这么讲未免舍本求末了。皮兰德娄在《六个寻找剧作家的角色》和《亨利四世》中所刻画的人与面具或所扮演的角色的关系，实际上是现代人生存的全部内容。在迪伦马特的《罗慕路斯大帝》《天使来到巴比伦》中，我们看到的是怪诞，睿智的作者所揭示的却是这个世界的本质。弗里施的《毕德曼和纵火犯》则对于人性的弱点（然而除去这些弱点也就剩不下什么了）有极其深刻的揭示。奥尼尔的《悲悼三部曲》《榆树下的恋情》等，用王亚非所说"饱满"形容最为合适，他与古希腊悲剧的联系，要超过此前此后所有剧作家。对他来说，"人"也就是"人的命运"，是一己悲剧的根源。而威廉斯的《欲望号街车》《热铁皮屋顶上的猫》等所开掘的情感深度和心理深度，或许还在奥尼尔之上，虽然局面相对要小一些。

关于想象力我有个看法，在文章中多次说到，这里不妨重述一下。我觉得想象本身已经足以给人类提供永恒的价值取向，而并不在乎这一想象的意义何在。也就是说，它是独立的存在，具有终极意义，无须附加任何别的意义。这原本是我关于诗的基本观念，缺乏想象力的诗无论如何也不能被认为是好诗，对至少一部分小说我也是这种看法。举个反面的例子：未必是公式化导致瞎编，倒经常是瞎编归于公式化——瞎编的人缺乏想象力，所以循规蹈矩，编出来的东西大同小异。前面强调克制力，这里又说想象力，似乎矛盾，其实不然，克制的反面是张扬作者自己，而想象实际上是展现了另外一个世界。话说到这里要转回浪漫主义文学，关于浪漫主义其实有着两种不同的理解，其一是抒情笔调，是对现实的美化；其二是幻想故事，独立于现实之外。这或许就是所谓积极与消极的区别罢，不过此类评价别有标准，与我了不相干。这里首先要提到爱伦·坡。他的侦探小说多半已不甚新鲜，虽然他是这方面的鼻祖；但是恐怖小说如《厄舍府的倒塌》《红死魔的面具》《陷坑与钟摆》《黑猫》等，以及长篇小说《阿瑟·戈登·皮姆的故事》，至今读来仍毛骨悚然，实在骇人听闻。爱伦·坡之前，凭想象力写作的作家所描述的梦都是人类的愿望，而他写的是噩梦。他从不写真、善、美，永远写与之相反的东西。他有点生不逢时，以法国来看，总要到十九世纪下半叶，价值观念才发生改变——原来向上的、积极的、明亮的、振奋的，变成向下的、消极的、阴暗的、颓废的；在整个欧洲还要晚些，在美国就更晚了。而这一变化就肇始于爱伦·坡。颓废是现代文学的一个基本要素，爱伦·坡既是祖师爷，又是集大成者。用一句话来形容爱伦·坡：他本身就是我们这世界的一个极尽奇异、极尽瑰丽的噩梦。

还有王尔德，他的《道连·葛雷的画像》也是别开生面，充满奇思怪想，虽然和爱伦·坡比起来略有人工和天然之别。这本书和剧本《莎乐美》，似乎是对美的一个告别仪式，所呈现的是作者眼中这世界最后的美。王尔德当然很脆弱，用中国古代一句话形容就是"七宝楼台，眩人眼目，碎拆下来，不成片段"，然而他的确能够做到不被"碎拆下来"，所以永远"眩人眼目"。

二十世纪以想象见长的作家颇有不少，布尔加科夫最不可企及。他的《大师和玛格丽特》是迄今为止最伟大的一部人间闹剧。这里有两个作者，一个极尽想象之能事，奇妙，饱满，达到疯狂的地步；另一个君临于这一切之上，无论布置，还是表现，都无比完满，丝丝入扣，滴水不漏。在保持丰富性、穿透性以及出乎意料的戏剧性变化的同时，还总有一种轻松感。作者实际上集果戈理和陀思妥耶夫斯基于一身，痛苦，热情，而又深刻。而且从来不仅仅是在想象，同时混合了作者的人生感受，——也许对布尔加科夫来说，感受力与想象力根本就是一回事。

这里还可以提到拉丁美洲的魔幻现实主义文学，如卡彭铁尔的《人间王国》，科塔萨尔的《跳房子》和《中奖彩票》，加西亚·马尔克斯的《百年孤独》和《族长的没落》，卡洛斯·福恩特斯的《阿尔特米奥·克罗斯之死》，巴尔加斯·略萨的《绿房子》，何塞·多诺索的《污秽的夜鸟》，等等，也在这一方向上给我留下很深的印象，虽然此派文学着眼点乃在拉丁美洲的现实，尤其是军事独裁统治之下的现实。我读《百年孤独》，觉得只有用震撼和伟大这种词来形容。这作品像神来之笔，像一首诗，我在别的魔幻现实主义作家笔下很难体会到这种兴奋状态，我本以为加西亚·马尔克斯自己也难以再回到这种状态，读他的《族长的没落》竟觉得作者的状态甚至更好，像是感受一场狂风暴雨。但《霍乱时期的爱情》和《迷宫中的将军》就不复这种状态了。加西亚·马尔克斯还是少有的无论长篇、中篇（《没有人给他写信的上校》《一桩事先张扬的凶杀案》，虽然外国并无"中篇"这一名目）和短篇小说（《周末后的一天》《礼拜二午睡时刻》）一概擅长的作家。在科塔萨尔的短篇小说里，当作者有意反映这个世界时，真正能写到入木三分，动人心魄；而当他要做一个现实世界的捣乱者、破坏者时，又总是脑洞大开，无事生非，颠覆庸常。很难想象有一位作家能够从那么多的角度观察世界，在这里找不到任何陈词滥调，一切都是新奇的。科塔萨尔的故事经常由日常走向荒诞，但那荒诞其实是被我们自己制造出来的"规律"排除，进而被我们遗忘的；他则给这世界打开一个个缝隙，时时有所发现。

还要提到莫里森，我读《所罗门之歌》《娇女》，觉得她的背后有整个原始非洲大陆的支持，俗话说"疑有神助"，这样的作品仿佛出自一位置身黑暗之中，有黑暗一样无比力量的神之手。莫里森拥有那种伟大、雄浑，简直可以用摧枯拉朽来形容的创造力，是二十世纪文坛上可与福克纳、索尔仁尼琴、加西亚·马尔克斯相提并论的作家。

对上述作家乃至其他所有作家来说，想象总是以已经存在的这个世界亦即"有"为基础的，而博尔赫斯有所不同，在他的作品中，"有"根本不存在，他是描绘"无"的作家。文学到了博尔赫斯这里发生了本质上的变化，以往"反映"（并非局限于现实主义意义上的，而是就文学与这个世界的关系而言）和"表现"（就文学与作为"有"的一部分的我的存在和我的心灵的关系而言）的功能被彻底摈弃了。从这个意义上讲，博尔赫斯是真正另外创造一个世界的人。对他来说，"有"与"无"仅仅具有这样的关系：作为"无"的描述者，他自己的存在是"有"；除此之外，都是"无"，而这个"有"在"无"中没有任何投影。当然，博尔赫斯的作品在描绘"无"的程度上也并不一致，只有最玄妙的时候（《交叉小径的花园》《永生》等），"无"才最广大，最深邃。

卡尔维诺是另一个凭借想象力彻底更新文学的作家，他实际上有着多个方向，总的来说，是在"有"与"无"之间任意驰骋，而每次驻足，都有绝大斩获。某个时候他与博尔赫斯是在同一方向上，特别是《不存在的骑士》，似乎是把博尔赫斯的微小变为广阔，精致变为粗犷，化为一阵来自天外的充满生命力的风暴。如果说在这一过程中也有什么损失的话，那就是博尔赫斯所独有的那种空灵。这是《我们的祖先》的第三部，如果与前两部《分成两半的子爵》和《树上的男爵》比较一下，更能明白它的性质：前两部是寓言，虽然寓意深浅有些差别（《分成两半的子爵》比较浅显，《树上的男爵》则有很浓的卡夫卡韵味）；而这一部不是寓言。在前两部里我们看见的是"有"（对此最准确的形容就是"缩影"），而在这里看见的是"无"，那种博尔赫斯式的"无"。卡尔维诺的《如果在冬夜，一个旅人》《命运交叉的城堡》《看不见的城市》等晚期作品，总的来说使人想起"奇技淫巧"——这原本是个中性词，可以说是"鬼斧神工"一词的人间化；但是随着大家越来越不爱动脑子，也就变成贬义的了。卡尔维诺前期小说偏"情"，至《我们的祖先》三部曲而情笔并重，之后则偏"笔"，亦即技巧，可以《庄子》"梓庆削木为鐻，鐻成，见者惊犹鬼神"来形容。不过《看不见的城市》雄浑大气，与《不存在的骑士》有异曲同工之妙；《如果在冬夜，一个旅人》则是一部穷尽小说叙述方式和小说阅读方式的小说。

换种说法，想象力可以分为两种：其一是还原性的想象力，是对事实的弥补，或对知识的弥补，举个例子就是中外的古装剧；其一是创造性的想象力，彼此的区别在于是否遵循我们经验过的或可能经验的现实逻辑。两种想象力都是能力，但后一种尤其难得，平常说"无中生有""想入非非""向壁虚构""异想天开"，都出自缺乏这种想象力或不理解这种想象力的人之口。前述博尔赫斯、卡尔维诺所拥有的，正是这种创造性的想象力，而帕维奇的《哈扎尔辞典》则与二位鼎足而三。这部小说的结构特别复杂，采用的辞典形式又正好得以体现这一点。假如要举出一部最与我们这个世界无关，最能体现人类的想象力达到什么程度，人类运用这种能力到底创造出了什么的书，我首先选择《哈扎尔辞典》。

我学写小说时，读欧美小说很留心形式问题。我那向未出版的《一念之差》，通篇讨论的都是这个。虽然后来收手不干了，这份兴趣却还在。其实形式上种种探索实验，意义并不限于形式本身，因为如何认识世界与对世界的认识同等重要，当认识的角度和方法改变时，世界已经不是原来那个世界了。费定的《城与年》是第一本在形式上让我感到新奇的书，那时还在"文革"之中，小说章节颠倒，时序错乱，我虽然一时不能体会这样做的目的，总归觉得很有意思。还有莱蒙托夫的《当代英雄》，由五个独立的故事组成，后三部分又是主人公的日记，使我想到小说叙述方式上的变化由来已久。在这方面真正给我启发的是纪德的《伪币制造者》，它由小说本身和穿插其间的爱德华日记两部分组成，爱德华是小说中的一个人物，而他正在写的《伪币制造者》，可能就是我们读的这部小说。如果说此前我还停留在文学旨在仿真的认识里，从此我真的拿它们当作作品来看了。《伪币制造者》的构思本身就有哲学意义，它是认识世界的新的方法，同时也是对世界的新的认识。这里的纪德，也是一位具有非凡克制力的作家，——虽然这只是他呈现给我们的若干面目之一。巴尔加斯·略萨的结构现实主义作品，当然更为新颖，也更为复杂，特别是《绿房子》、《酒吧长谈》和《潘达雷昂上尉与劳军女郎》。我读《绿房子》时写过不少笔记，还作了一些图表，以求彻底体会作家的思路。结果发现其中关键之处，在于打破了时间与空间原有的相互关系，重新加以组合；而这种新的组合，往往有着人物心理活动上的依据。意识的流动原本不受时间与空间的限制，所以结构现实主义大概也得益于意识流，是把心理描写的方法发展成为小说结构的方法。他的对话也很有创造性，已经与人物的意识流动交织在一起，可以说它们都是"心灵对话"。而交谈主体的转换，同时也就是作品的时空变幻。在《酒吧长谈》和《潘达雷昂上尉与劳军女郎》中，对话起着更重要的作用。结构越复杂，就越能涉及更深的心理层面。相比之下，《胡莉亚姨妈和作家》显得过于容易，近似一本畅销书了。而对科塔萨尔的《跳房子》来说，"读法"本身成为最关键的问题，这无疑是小说艺术的进步。纳博科夫的小说《微暗的火》，由前言、一首九百九十九行的诗、对它的繁琐注释和索引组成，阅读它对我来说也是振奋人心的事情。前面谈到意识流，同样是我感兴趣的，对伍尔夫的《达洛维夫人》《海浪》《到灯塔去》，乔伊斯的《尤利西斯》，普鲁斯特的《追忆似水年华》和福克纳的《喧哗与骚动》等，都曾细细加以揣摩。当然这些作品（特别是后三位的作品），不是区区意识流三个字可以概括的，我尤其喜欢《追忆似水年华》，最注意的还不是感受的内容，而是感受的主体，——虽然这样区分并不对头，因为归根结底都写的是"我"，这个人永远存在，而且是以敏感的心灵方式存在。这种敏感也就是温柔，以此承受着他承受不了的世界。

小说形式问题涉及各个方面，这里不能一一谈到，但是其中有一点我曾特别注意，就是小说的人称。人称实际上也就是叙述角度，应该说是在所有形式问题的起始点上。八十年代初布托的

《变》翻译出版，曾经引起广泛注意，因为由此得知传统的第一人称和第三人称之外，还有一种第二人称好用。但是布托第二人称的"你"是个人物，这里有人学用时，却误认为是读者，结果与章回小说里的"看官牢记话头"没有什么区别了。大概我们一时既不习惯限定作者的视野（从认同于无所不知的上帝转为认同于一个普通人物），也不习惯忽视读者的存在（从"说书人"转为单纯的陈述者）。而无论限定作者视野，还是忽视读者存在，原来的第一人称和第三人称都发生了很大变化。某一角度意味着对该角度之外区域的屏蔽，所以人称总是一种限制。从前我写小说曾为单一人称的限制所苦，总想着突破一下，待到读了福尔斯的《收藏家》，才发现人家早就同时使用两种人称了，小说的一、三和四章是男主人公的第一人称叙述，第二章是女主人公的日记；而迦尔洵比这还要早得多，他的《画家》是两个第一人称的相互穿插，《娜杰日达·尼古拉耶夫娜》则是一个第一人称和两个人物的日记、随笔的相互穿插，而在《一件意外事》中，第三人称和两个第一人称交相使用，甚至在同一小节内就有变化，说来我真是少见多怪了。顺便讲件有意思的事：《一件意外事》写于一八七八年，周作人一九〇九年将此篇译为中文，题曰"邂逅"，特于每种叙述方式之末分别注明"以上那及什陀记""以上伊凡记""以上记事"，说明当时的中国读者，还不习惯于这种叙述方式。另一方面，承认某一人称的限制，然后在这一限制中尽量达到表现的自由，可能也是作家的追求，当然并不容易，真正做得好的是尤瑟纳尔。毛姆也是很推崇第一人称的，他还有一本短篇小说集命名"第一人称"，但是在他以第一人称写成的《刀锋》中，也多次写到"我"不曾经历的内容，只能依靠其他人物讲述出来，似乎不算特别地道。

前两天和朋友说，迄今为止，小说形式上的最大贡献是新小说派的作品。这句话毛病着实不小，因为新小说派不是在改良，而是在革命；他们写的不是小说，是反小说。倘若还把它们纳入"小说"这一坐标系中，恐怕没有办法读了，就算读也读不出意思，就算读出意思也都错了。首先要彻底改换一副眼光。文学原本不止一种，每种都有属于自己的前提。现实主义的尺度，只能用来评衡现实主义文学，以往诸如题材、结构、情节、细节、人物、手法等概念，对于新小说都不再适用。有时我觉得若将文学分为"现实主义"和"现实主义之外"，也许更为恰当。再者，新小说派的文学也就是哲学，并不单是形式问题；其实所有现代派文学都是如此，但是新小说尤其如此。他们改变了看待世界的方法，被看待的世界也因之而改变——实际上是得到还原。"新小说派"的几家，萨洛特的《天象馆》，布托的《变》《时间表》，西蒙的《佛兰德公路》《农事诗》《大酒店》，也许还可以加上杜拉斯的《琴声如诉》《昂代斯玛先生的午后》《蓝眼睛黑头发》，我都喜欢，他们各自在其方向上都达到极致地步。但是最喜欢的还是罗伯－格里耶。他的书我最初读的是《橡皮》，《窥视者》翻译出版虽然在此之前，我读到却要晚一些。此后又看过很多，如《嫉妒》《吉娜》《一座幽灵城市的拓扑学结构》，还有电影剧本《去年在马里安巴》等，可以说是情有独钟。我说新小说派的文学也就是哲学，罗伯－格里耶正是哲学最高明，而这又与他在文学形式上的实验分不开。他以冷静精密的态度去描写物，像描写物那样去描写人，正是对世界本质的深刻揭示。可以说他使人类第一次彻底走出自己的阴影，完全不为自己所局限地看待这个世界。我在《对我影响最大的十本书》一文中说："卡夫卡和博尔赫斯可以说是分别描绘了'有'和'无'两个世界。然而卡夫卡眼中的'有'的主体是人，罗伯－格里耶重新面对这一切，他看出来'有'的主体原来是物，从某种意义上讲正是更进一步。"

罗伯－格里耶的《橡皮》和迪伦马特的《诺言》，都是借用了侦探小说的形式，而颠覆了侦探小说的一切，当然也就比所有侦探小说都高明得多。这里可以顺便说说侦探小说。我母亲读这类小说最多，几乎手不释卷，虽然是读来消遣，看完就完了，但若真正写得好，阅读是很愉快的。柯南·道尔的长项在短篇，尤其是《冒险史》《回忆录》这两个集子。但他还不太会写较长的侦探小说，《血字的研究》《四签名》《巴斯克维尔的猎犬》《恐怖谷》，都是两个短篇硬拼成篇幅较长的作品，并非成功之作。当然这是在侦探小说的起始阶段，不足为奇。倒是契诃夫唯一的长篇小说《游猎惨剧》是部犯罪小说，也可以说是侦探小说，以那个年代的侦探小说论可谓优秀之作，它甚至比柯南·道尔的《血字的研究》还要早，然而无论情节还是架构都超过柯南·道尔任何一部同等篇幅的小说。同为"第一人称不可靠叙述"，据说它还影响了克里斯蒂的《罗杰疑案》，只是不及后者写得那么完美罢了。"黄金时代"的克里斯蒂和奎因的作品都很多，好坏参半，前者的《无人生还》《罗杰疑案》《东方列车谋杀案》《尼罗河上的惨案》，后者的《希腊棺材之谜》《荷兰鞋之谜》《X的悲剧》，我都觉得很好。克里斯蒂塑造的两位侦探形象，较之波洛，马普尔小姐不离所在的乡村，没有那么多勘察手段，主要靠听说，以及有限但敏锐的观察，就可以凭自己缜密的逻辑推理破案，她说得上是升级版的波洛。"黄金时代"的侦探小说，无论波洛、马普尔，还是奎因，都对自家的脑子特别自信，犹如《战国策》里的

164

那些说客自信自己的口才；而当侦探把相干人等召集起来，推论谁是凶手，真正的凶手居然一定会参加，老老实实地等着被指认出来，侦探往往仅凭逻辑而非证据证明他们有罪，他们也就承认了。我觉得那真是个相信智力，相信逻辑，"盗亦有道"的时代，只是不知道真实如此，抑或仅仅是作家们的期望。再读后来的侦探小说，可就今非昔比了。但总的来说，觉得后辈写的还是比前辈强：案件更复杂了，破案的过程更周折了，凶手更狡猾了，侦探（现在多半是警察）也更高明了。还可以说到日本的"社会派"，只提一位松本清张，他的三部主要作品，在我看来《零的焦点》好过《点与线》，《点与线》又好过《砂器》。社会派与本格派侦探小说区别只在犯罪动机，之前的侦探小说凶手往往只是谋财害命，社会派则挖掘到社会原因，通过侦破一件案子揭示重大的社会问题，所以超越了类型文学，而接近于纯文学。但社会派作为侦探小说也要写得好才行，对这派小说不应在推理之周密复杂上有丝毫低的要求。其实我对松本清张的一个短篇《订地方报纸的女人》印象更深：本来陌生的人之间偶然建立一点联系，以为是理解，结果却不是。当年读了，久久感到惆怅。

在我看来，俄狄浦斯（《俄狄浦斯王》）、堂吉诃德（《堂吉诃德》）、拉斯柯尼科夫（《罪与罚》）和K（《城堡》），构成了人类基本形象的序列。他们各自的追求与其结局之间，体现着不同历史时期人类的可能性；而他们共同承担了人类总的命运。我读西方文学作品多年，可以归结为上面这番话。

日本小说需要分开单独谈论，因为真正的日本小说，与欧美小说几乎没有多少共同之处，虽然也顶着小说这一名目。我开始读日本小说时间较晚，大约已在"文革"结束后，最早接触的小林多喜二、德永直等，相当粗糙拙劣，直到八十年代读到川端康成和夏目漱石，才真正体会到日本小说的特别之处。这有两方面，一是审美体验，一是人生况味。日本人的审美体验、涉及所有感官，无拘任何对象，所以才有谷崎润一郎的《恶魔》、《春琴抄》、《钥匙》和《疯癫老人日记》，川端康成的《千只鹤》、《睡美人》和《一只胳膊》这类作品出现。日本人的人生况味，与前面提到人生体验和情感体验不尽相同，多半是先验的，与生俱来的，只是一种滋味，微细隐约，需要慢慢体会出来，体会之后，仍然是把整个人生接受下来，所以才有夏目漱石的《明暗》，岛崎藤村的《家》，谷崎润一郎的《细雪》，太宰治的《斜阳》《维荣的妻子》《丧失为人资格》这类作品出现。对这两方面如果视而不见，或有所抵触，那么日本小说简直没有意思。而在这里，审美体验与人生况味又是打成一片的。"隐忍"和"悲哀"乃是美学意义上的，是审美的最高境界。在日本，无论美，还是人生，一般并不涉及哲学或思想层面，都是具体的，形而下的，存在于自然与人的某种状态和某种形式之中。所有这些，都已经在一千年前紫式部的《源氏物语》中昭示过了。日本小说几乎不具备通常的所谓情节，也没有一般小说那样的框架，《源氏物语》即是如此，然而并不是说构思不具匠心，只是用力的方向不同罢了。譬如书中第四十一回题曰"云隐"，有目无文，暗示主人公源氏之死，而在下回起首说："光源氏逝世之后……"便是形式上的很大创造。而全世界此前并无长篇小说，第一部便如此写法，大概小说这一形式，本身已经意味着不能因循守旧。而且这里不光是技巧问题，还有情感因素，即作者出于对源氏之爱，实在不忍心记述他的死亡。这就是前述日本的审美体验与人生况味的特殊之处了。

我读日本小说，所看重的便是这些与欧美小说迥然不同的地方。所以从《源氏物语》以降，凡是具有日本特色者都很留意。仅以二十世纪而论，夏目漱石、谷崎润一郎、川端康成、芥川龙之介、太宰治和三岛由纪夫（以生年为序）堪称超一流作家。此外我还很喜欢德田秋声、堀辰雄、井伏鳟二、椎名麟三、井上靖等。夏目漱石的作品的好处在于"味道"，尤其是看似琐事的味道（这其实也是整个日本文学的特色之一），这要细细体会，粗看则无所得。他的作品我都喜欢，特别是《我是猫》和《心》。德田秋声的《缩影》、井伏鳟二的《今日停诊》、椎名麟三的《深夜的酒宴》，都是人生况味特别深厚的作品，而井伏写的正是周作人理想中的那种"不大像小说的随笔风的小说"。我读芥川龙之介的《罗生门》《竹林中》《地狱图》《玄鹤山房》《水虎》等，觉得既阴郁，又激烈，是日本文学的正宗，也是日本文学的异端。如果说谷崎、川端是在对现实的叙述中昭示了传统，芥川就是在对传统的描绘中呈现了现实。堀辰雄的《起风了》《菜穗子》，哀婉柔美，细腻曲折，要推举日本文学里的"婉约派"，极致大概就要数他和川端了。井上靖的《天平之甍》清正，《敦煌》浑厚，值得注意的是作者关于中国历史的特殊的兴趣点，他喜欢的是被命运挟裹，然而却因此展现生命异彩的人物，他们多是中国文化真正的传承者。

谷崎润一郎、川端康成则在审美体验上多所贡献，两位走的都是危险的路，因为毕生追求表现的美可能并不被别人认同，甚至这种追求都有被否定的可能。如果把美与人生联系在一起看，这可能显得有些单薄；但谷崎与川端是刻意在人生意味之外去独立地体现美，"唯美"自当如此理解。对于谷崎来说，当女人美到极致，与之相关的一切必然发生改变，无论男人，还是别的女人。这在他笔下是一条规律，《春琴抄》、《少将滋干之母》、《痴人之爱》和《卍》都是如此，《卍》甚至将这一点写到不可理喻的程度。川端并不能算是气象很大的作家，但描绘感情以及感情的交流特别精微，达到微妙深沉的程度，这尤其体现于《伊豆的舞女》、《母亲的初恋》、《水月》和《雪国》中。此外我还很喜欢他的《名人》，通篇笔意苍凉，充满敬意，以本因坊秀哉为原型的名人就像战死沙场的老英雄一样。

讲到太宰治每每联系到他的自杀，他是全身心地寻死，而不是全身心地写作，所以我们不太好批评他自私，因为他这一辈子首先是不顾自己，顺便才不顾别人。太宰治厌世，又重生；他有两面：向死而生，向生而死。其实他写人的感情，比日本任何一位作家都更深，或者说，他对生的理解最深。太宰治笔下经常出现"对不起"这句话，一是对整个世界说，一是对他自己说，他是自省式的作家，深刻地揭示了一个人与他自己之间的关系。我喜欢读太宰治的作品的原因之一是时时联想到我自己，其实我们都是悬在半空中的，而太宰治是深渊，往下一看永远有他，也许反倒觉得踏实了。太宰治是给我们这个世界兜底的人。

在我看来，三岛由纪夫是整个日本文学集大成的人物，但他比日本文学传统的范围还要大些，日本文学本来近情而远理，而三岛的作品情理兼重，重理是他与谷崎、川端乃至整个日本文学传统明显有所差异之处。三岛的《金阁寺》，实际上在审美体验之前，已有着完整的观念存在——没有关于金阁的美以及美应该毁灭的观念，沟口就不会烧掉金阁；这里通篇写的是他的观念形成史和演变史，这已经构成驱使人物作为，推进情节进展的根本动力，而其最终的举动只是结果而已。芥川某些作品虽然也有这种倾向，但毕竟还不这么明晰。三岛是日本当代的古典作家，笔下有股贵族气，这也是与众多同辈和前辈作家不同之处。在我看来，他的《丰饶之海》是日本最大——不是篇幅上，而是意思上、局面上——的一部小说。不是以轮回将四部分开的小说联系在一起，而是四部曲写的就是轮回。所以一定要按顺序读，亦即将每一部置于四部之中读。四部曲之一《春雪》极尽阴柔之美，始于《源氏物语》《枕草子》的日本关于美的文学完结于此，是为登峰造极之作。川端康成的《雪国》等则是这一进程中的重要环节。以《春雪》比《雪国》，前者的审美感受要复杂些，思维方式和表达方式也复杂些。川端的好处在简单，空灵由此而生；三岛的好处在繁复，予人极致之感。进一步讲，对于诸如川端这样的作家来说，感觉（所有感官的）是"体"，三岛的作品一样长于感官描写，但这只是"用"，他另以观念为"体"，所以尽管仍然丰富、充分、细腻，但整体却结实得多，雄浑得多。四部曲之二《奔马》极尽阳刚之美，在作者或更接近于生命的本质，但这里的主体与其说是承袭自日本的武士，不如说是脱胎于古希腊的英雄。真正意义上的轮回也许只发生在《春雪》和《奔马》之中。四部曲之三《晓寺》的第一部则是关于轮回的，可以视为《丰饶之海》的中心；到了第二部，对于本多这位见证者来说，轮回已经有点遥远、不可把握了。谷崎的《钥匙》《疯癫老人日记》，川端的《睡美人》《一只胳膊》都是"老人文学"，这也可以统统归纳在《晓寺》的第二部中。四部曲之四《天人五衰》则进一步将构成总体结构框架的轮回导向了虚无，最终轮回被质疑、被否定，真乃神来之笔。只可惜《天人五衰》有些部分写得稍嫌匆忙，三岛也许过于着急完篇，以实施他的自杀计划。三岛的作品，我最喜欢《假面的告白》《金阁寺》《丰饶之海》和剧本《萨德侯爵夫人》《近代能乐集》。日本二战后名列第一的小说家是三岛，名列第一的剧作家也是他。

三岛之外的日本战后派作家，已经不大关心美的问题了，在他们笔下，日本文学也变成了世界文学的一部分。我对日本文学的特别兴趣，就截止于三岛辞世之时。虽然战后派文学也有不容忽视的作家和作品，譬如安部公房，他的《他人的脸》《墙》《燃烧的地图》，显示这是一位真正上承卡夫卡，且在卡夫卡式的自省（也可以说是自我折磨）上有所发展，达于极致的作家。

第六章　读诗

关于读诗的事情可以分成三方面来讲，即中国旧诗、新诗和翻译诗。我读旧诗，是从唐诗入手，然后分别在此前此后两个方向上展开。唐诗读得较早，大约十一二岁罢，一直到现在也还在读，起先多读绝句，七绝多于五绝；后来多读律诗，也是七律多于五律；至于古风虽然也有特别中意的，但从来不是重点所在。这是个人的一点偏好，不仅没有道理，而且说出来贻笑大方。可能与我写诗的路数有些关系，因为多写小诗，于是爱读的即为短章了。这也受到父亲的影响，其实很长一段时间我与父亲的口味接近，后来才显示出自己的特别爱好。

　　我读唐诗约莫分作四期，每期偏重一种风格。最早是清新恬淡那一路，以王维、杜牧为主，以及孟浩然、韦应物、柳宗元等。王维在辋川别业写的那些出世味道颇重的山水诗，杜牧的《山行》《江南春绝句》等，我曾经以为写得最美。以后路子稍稍拓宽，王维的边塞诗，杜牧带点个人身世之感的山水诗如《寄扬州韩绰判官》《初冬夜饮》等，也多加留意，同时也读王昌龄、岑参等，高适则似乎不如岑参，太过实在。以岑参《逢入京使》对比他也许更见风格的《白雪歌送武判官归京》《凉州馆中与诸判官夜集》等，觉得平白如话，但却是活到中年以上才能说出口的。无力，绝望，凄凉，读时担心话还没传到，说话的人已经不在了。李白当时只注意他与上述诸位风格接近的作品，杜甫则因为上来就接触"三吏""三别"，觉得有些枯燥，竟搁下不理了。只记得当初读《石壕吏》这几句："老翁逾墙走，老妇出门看。吏呼一何怒，妇啼一何苦。听妇前致词，……"感觉特别可怜巴巴。

第二期喜欢绮丽浓重的诗，多为言情之作，像白居易的《长恨歌》《琵琶行》，元稹的《连昌宫词》、韦庄的《秦妇吟》等。《长恨歌》无意叙述真实历史，甚至尽量简化历史事件，这些都交由与之配套的陈鸿作《长恨歌传》负责交代；它不像作者写"新乐府"那般关注现实生活，亦无悲天悯人的情怀，甚至不做善恶是非之辨，只是唯美的，而审美又多是感官的。中国文学不甚重视感官审美，"春寒赐浴华清池，温泉水滑洗凝脂"，是从温觉审美到视觉审美，暗含触觉审美。联想到李商隐《楚宫二首》之"已闻佩响知腰细，更辨弦声觉指纤"，也是由听觉审美转换为视觉和触觉审美。中国文学长于形容渲染而少刻画，"六军不发无奈何，宛转蛾眉马前死"则刻画得好，又将这一张脸置诸"六军""马前"的浩大背景之下，写尽残酷之美。下接"花钿委地无人收，翠翘金雀玉搔头"，零零碎碎满地东西，予人全无生命的感觉。"落叶满阶红不扫""梨花一枝春带雨"二句，既美且奇，古诗句子往往遵从汉语句式规范，这里却打破了这一规范。全诗几个转折处，处理得非常用心，如"缓歌慢舞凝丝竹，尽日君王看不足"，下接"渔阳鼙鼓动地来，惊破霓裳羽衣曲"，似乎无穷无尽的欢乐，突然被打断了；又如"悠悠生死别经年，魂魄不曾来入梦"，下接"临邛道士鸿都客，能以精诚致魂魄"，有所求则有所应，简直顺理成章。还有结尾，道士尚未归去，太真的话还没带到，汉皇仍然活着，就戛然而止，归结于当年的一段秘密誓词，如此才是永恒，才是"长恨"。诗中详略处理，亦颇见匠心，前面写李、杨在一起，于杨之相貌、体态、动作，只有"回眸一笑百媚生""温泉水滑洗凝脂""侍儿扶起娇无力"几句，都是片断；及至杨毕命，有"宛转蛾眉马前死"的刻画；待到明皇思念她，才写"芙蓉如面柳如眉"，算是正面写其长相如何，但已在回忆之中，而且有些"虚"。道士去仙山见名叫"太真"的女人，却写了一大段："雪肤花貌参差是""揽衣推枕起徘徊，珠箔银屏迤逦开。云鬓半偏新睡觉，花冠不整下堂来。风吹仙袂飘飘举，犹似霓裳羽衣舞。玉容寂寞泪阑干，梨花一枝春带雨。含情凝睇谢君王"。道士从没见过她，是以详尽描写，正道出"参差是"之意。《长恨歌》《琵琶行》皆是用写赋的方法来写诗，极尽铺陈，甚至不避内容重复，譬如"排空驭气奔如电，升天入地求之遍。上穷碧落下黄泉，两处茫茫皆不见"，细看"升天入地求之遍"不就是"上穷碧落下黄泉"么，真乃渲染到极致了。此乃唐诗中最见才华者，谓之逞才亦不为过，然总觉得尚只用出七八分而已，依然游刃有余。《长恨歌》大致依照时间先后顺序写来，《琵琶行》结构更其复杂，彼此情感交流也更微妙，相比之下，叙事、剪裁更不容易。自"转轴拨弦三两声"到"唯见江心秋月白"简直是绝唱。其间多处故意反复，意味达于极致。唯近末尾处自"浔阳地僻无音乐"到"如听仙乐耳暂明"关于听不见什么和听见什么的一段铺垫的话，似乎稍嫌累赘。元白的"新乐府"，则不以为好，这看法当初是与对待"三吏""三别"一致，后来"三吏""三别"倒是体会出味道来了，然而"新乐府"却一直不大满意，用古人的话说就是"元轻白俗"。李白记述友情的诗，如《黄鹤楼送孟浩然之广陵》《闻王昌龄左迁龙

178

标遥有此寄》等，也在喜爱之列，不过他那些写得很夸张的作品，如《蜀道难》《将尽酒》《梦游天姥吟留别》等，则不很看重。杜牧仍然爱读，但已由写景转向写情，如《赠别》《遣怀》《泊秦淮》等，由此再进一步，就到《过华清宫绝句三首》《登乐游原》等怀古诗了。怀古诗也侧重这些情感色彩浓的，若单单议论，尽管精辟，并不太为之所动，杜牧的《题乌江亭》《隋苑》等皆是如此。这方面刘禹锡更得我心，他的《西塞山怀古》《金陵五题》等，苍凉寂寞，最耐寻味。大概我当时理想的诗歌境界，就是边塞诗与这路怀古诗的融合，多年后写《日札》，仍多少得益于此。品味《西塞山怀古》一诗，似有人世兴废，非人之力，乃天之力，而后人于此只能感慨之意。而"四海为家"谈不上是好事坏事，人亦只能接受下来。"人世几回伤往事"一句，直是无奈地叹息一声罢了。还有他的《酬乐天扬州初逢席上见赠》，作者本以"沉舟""病树"自喻，而"千帆""万木"当指白居易赠诗中的"满朝官职"，并不是说自己还有什么前途，这样末了那一杯酒才有分量。此亦如杜甫《登高》尾联"艰难苦恨繁霜鬓，潦倒新停浊酒杯"，都是落到实处，亦即一个细节，而不求所谓"格局更高"，以免写空泛了。

以上两期，前后跨度有十多年，与我写八行诗相始终，现在重翻旧作，处处看见影子。八十年代初已不大写诗，唐诗仍在阅读，口味却有改变，转向枯涩怪诞一路，特别推崇贾岛和李贺。贾岛我早就留意，但苦于找不着他的集子，只背得"长江人钓月，旷野火烧风""独行潭底影，数息树边身""秋风吹渭水，落叶满长安"等若干诗句，一九八四年初买到《长江集新校》，遂成枕边秘籍，十几年中反复阅读。后来写《关于贾岛》小文，主要谈他在意象运用上的特色，其实有关贾岛我想说的话还有很多。除了技巧之外，我更憧憬他创造的枯寂苦涩的境界，觉得很美。《李贺诗歌集注》到手甚早，乃是"文革"之后最早买的书，但是长期不能明白他的好处。大量看了贾岛，意犹未尽，又读李贺，先后也读过多遍。从某种意义上讲，李贺诗境，正是贾岛的发展，贾岛是"衲气终身不除"，李贺则是鬼气森森了，幽深恐怖，引人入胜。贾岛、李贺，都是在中国诗歌美学上有特别开拓者，此前此后，似乎没有人注意到"病态美"这一领域。二人之所以能够有此贡献，一是感觉甚好，二是感受特深，三是语感极强，而实现此一语感，又全靠字字推敲，呕心沥血。这些都与我自己的追求正相符合，可以说读诗至此，才真正找到知音。这里我说"我自己"，意味着从此与父亲的诗歌美学观念有些出入，贾岛、李贺虽也在他的爱读之列，但他们的诗的意境似乎并不为父亲所特别看好。若论个人口味，我喜欢贾岛更甚于李贺，其间似乎意思有个略深略浅的区别。换句话说，从情感心境考虑，我从贾岛得到更多共鸣。但是贾岛如同古往今来别的诗人，只是一个人间视点，李贺则往往跳到人间之外去了，像"遥望齐州九点烟，一泓海水杯中泻"，岂是咱们站在地上的人能想到的。大概贾岛到把身世心境刻画尽了，想象也就打住；李贺则无遮无拦，死而后已。我们常以"奇绝"二字形容想象，贾岛真正是"奇"，李贺则"奇"到"绝"了。李贺刻画功力又极强，我读《追赋画江潭苑四首》到"角暖盘弓易，靴长上马难"一联，仿佛看到那些戎装的年轻女孩子，身躯健壮，意满神扬，动作却不无生疏，甚至有点笨拙。这个感觉若以散文来写，好像很不容易写出来。这一派其他诗人之作也读，觉得韩愈不错，孟郊则嫌想象力不够，有些描写如"借车载家具，家具少于车"还算有力，其他往往不是枯涩，是枯燥了。

我写《如逝如歌》，明显受到贾岛、李贺影响；此后不再搞文学了，但是读诗却尚有一层进境，也就是我之所谓第四期，喜欢沉郁厚重的作品，最爱杜甫和李商隐。我起手读杜诗很早，但是这时才算入门，很佩服前人所谓"集大成"的说法，大约我此前喜欢的唐诗各体，杜甫集子中一应俱备，而沉郁顿挫，他人往往不能企及。我最爱读其晚期之作，如《诸将五首》《秋兴八首》《咏怀古迹五首》等。此外他的"拗体"，像《白帝城最高楼》《暮春》等，我也很有兴趣。杜甫境界极高，气象极大，但是我觉得他一生都欠缺一点李白那种聪明，读上述诗，读"三吏""三别"，甚至读《兵车行》《北征》，都是如此感觉。这或许反倒成就了他，因为非竭尽全力不可，他的境界，都是炼造出来。相比之下，总感到李白太满足于当时灵感，心血来潮，一挥而就，诗也就写得浮了，滑了。我想写诗的过程中，李白的感觉一定比杜甫好，但是二人成就高下之分，并非那么一点，所以"李杜"一说，我不敢苟同。可以与杜甫媲美的是李商隐。说来唐诗当中，我读他最晚，却最有感触。我觉得人的情感，被他揭示最深，他也最无奈，最痛苦。表现出来，又是最美的。这很奇特，又很不容易达到，而在他笔下，却随处皆是，好像来得十分容易。虽然感到他独出心裁，却总是游刃有余，其间所留余地，每每给人无限低回之感。这里说的是读他《无题》之类诗的感受，他别的诗像《乐游原》《马嵬》《常娥》等，若论深沉，可能尤胜一筹。《乐游原》诗里的几个形象，诗人都没有加以描写。但"夕阳""黄昏"什么样子，读者可以借助自己的经验予以丰富、完成。"无限好"于诗人自己，首先是对应第一句"意不适"的，是写心中情绪的，但也可以理解为对夕阳的形容，读者可以由此想象当时景象何其美丽。这个双关的写法真是太妙了。《北齐二首》中，"小怜玉体横陈夜""倾城最在著戎衣"均极有表现力，但那力量只有在整首诗的意思里才最好地显现出来，也就是有所呼应——这原来是同一个人；两首诗里有很大的讽刺，但讽刺的对象又与美相结合，彼此构成一种相反相成的效果。以《无题》（"来是空言去绝踪"）对比他的《端居》，意思约略相近，但一浓一淡，一直接一间离，描写感情都非常细微复杂。七绝、七律等形式，李商隐似乎使用得最为充分，也就是最少限制。同为绝句、律诗，但他却与别人写得不大一样，人家一首诗是从始写到末，他则往往从半截写起，没到煞尾又打住了，写的乃是诗的片断。好像不大管起承转合，或者说他有自己的起承转合。绝句、律诗在形式（这里我主要是针对行数说的）上有严格限制，写成片断恰恰是打破了限制，一方面获得更大的容量，一方面只保留了精华。

不妨把话题扯开一下。父亲在五十年代，曾用将近两年的时间研究唐人绝句，据他说："共挑选了一千五百多首绝句，关注的是表现方法及不同诗人的艺术特色，一首一首地抄在卡片上，并在每一张卡片的另一面，译成新诗。这一过程中，有的绝句译成四句，有的译成五句或六句，而更多的是译成八句。"(《从八行诗到"新体"》)这些卡片在"文革"中都失掉了，我没有见着。我自己虽然向父亲学习写诗，却也不曾下过他这番功夫，但我知道八行诗与唐人绝句的关系，也曾加以揣摩。前引父亲一番话，内里有个含义，实际上涉及上述关系的要害，也关乎八行诗的一个重要特点。为什么"有的绝句译成四句，有的译成五句或六句，而更多的是译成八句"呢，因为绝句虽然都是四句，句子结构却有不同，有的一句只是一句，有的一句包含两句。例如"朝辞白帝彩云间"，只有一个动词，译成新诗同样只是一句；但是"云想衣裳花想容"，共有两个动词，译成新诗就变成两句了。可见父亲当初是有所选择的。他写八行诗，从来一句是一行，不把一句斩成两行；后来别人也用这形式，但不明白其中奥妙，虽然字面上也是八行，容量却小得多。这个道理父亲没有讲过，是我自己读唐人绝句和他的诗的一点心得，也曾应用在写作之中。后来我和父亲讨论怎么从八行诗走出来，提出应该从放弃这一句法入手。在他的"新体"诗中，普遍应用了转行，就自由舒展多了。

唐代以前的诗作，以《诗经》、《楚辞》、《古诗十九首》和陶诗读得最为用心。几乎是与读唐诗同时进行，但除了《楚辞》，对其他诗作真正有所领会，都还在此之后。《诗经》从前只看过"风"中一些零散篇什，多为那些名作。到了一九九三年春夏之际，想起迄今连《诗经》都未通读，岂不枉称读书，于是上班之余，放下诸事，专心于此，用时四个月，总算读了一遍。其间赶上得知父亲患病（这消息是大哥转告我的，头一天晚上，我正读到《十月之交》这一首，其中"百川沸腾，山冢崒崩，高岸为谷，深谷为陵"几句，可以用来形容我当时心情，当然这一切只是巧合），和姐姐一起去重庆接他回来，陪他看病等事，但还是坚持读完了。要拿一句话来讲《诗经》，大概就是干净二字，但并非后人那种打扫擦拭的结果，而是原本一概如此。《诗经》字句特别精炼，换个说法就是有所局限，有时一个字就是一个意思，不能尽情描绘；可它的好处也正在这里，字句都特别管用，传神极了。如"鸡栖于埘，日之夕矣，羊牛下来""风雨如晦，鸡鸣不已"，意境高绝，后人费尽笔墨不能道出。当然有时《诗经》又不恤笔墨，曲折细腻，如"知我者谓我心忧，不知我者谓我何求，悠悠苍天，此何人哉""心之忧矣，其谁知之，其谁知之，盖亦勿思"等，后人下笔恐怕难得如此落在实处，很容易就空泛了。另外《兔爰》："有兔爰爰，雉离于罗。我生之初，尚无为。我生之后，逢此百罹。尚寐无吪"，予人感觉特别古老似的，是那种人类最久远的悲苦太息。我读《诗经》，每每感到我们民族原本情感体验至为深切，无论表达悲哀，痛苦，爱慕，欢愉，等等，都是如此。我虽然花功夫读了《诗经》，一时没有什么用处；几年后为朋友所著的一本谈《诗经》的书写了篇跋，当初所下一番功夫，总算是交了卷了。

《楚辞》读得很早，世传屈原之作，老实说《天问》不如《九章》，《九章》不如《离骚》，《离骚》不如《九歌》。《九歌》境界奇瑰恍惚，不似人间言语。《离骚》有大名气，我却未曾读出特别好处，如果单看言辞的确漂亮，但它还是有个意思要讲，所以不能这般看法；不过体会意思，似乎并不复杂，未免感到有点儿絮叨了。《九章》像是《离骚》某一部分的变奏，内容更为简单；《天问》诗意尤其不多。两篇托名之作《卜居》《渔父》，意思稍嫌显豁，但我却有偏爱，前后读过多次。宋玉的《九辩》，若排坐次，或许该在《离骚》与《九歌》之间。《九辩》很美，而且描摹作者一己哀怨，居然达到从容地步。后人再写这一路诗，多半把握不住这个火候。可能因为他有偌多词汇听从支配，所以无须着急罢。

《古诗十九首》读来总觉得很"顺口"，仿佛一句句都是现成的；然而其中意思，却又特别苦涩，所以每每与字面相拂。这个感觉，我也是多年间几番阅读才体会出来，记得最初读时，只有上述有关字面的感觉，那真是白读了。读《古诗十九首》，有种一切只得如此，而又不甘如此的感觉，有如一个人把自己的命运，慨然交付给某种习以为常的规律性的东西。这里"慨然"二字，也就是空旷，或者沧桑罢。《古诗十九首》本是古今数一数二有情之作，诗中无论客观描述，还是抒发感慨，却笔笔都是克制，甚至都是抹杀。所以情感特别结实，好像与天地共老的样子。

陶渊明的诗，我以为五言胜过四言，不知怎的，《诗经》之后，四言诗读来多半没有感觉，也许除了曹操的两三首外。我读陶诗，最爱他的真率，觉得古今无二。陶诗像《归园田居五首》《乞食》《移居二首》《责子》等，有什么就说什么，如果光从字面看，多半是危险之举，形容的话可以说"过河拆桥"，只有他一个人成就了自己的境界。唐人学陶者如王维、孟浩然，固然有成绩，如果说尚差一道，也就在这个真率上，因为这个东西有便是有，不可学的。说来我读诗多年，喜欢根本不同的两路，一是不作到底，如《古诗十九首》、陶诗；一是作到底，如《九歌》《九辩》，后来的杜甫、李商隐、贾岛、李贺，也是这一路数。但是这里只说是喜欢读，若是写诗则不然，我也知道作可学，而不作不可学，所以只是暗地里存个景仰之心而已。但是不作又作，作又不作，一定是不好的了。陶诗之外，曹操、曹植、阮籍、庾信、谢朓等，也都留意，各有其佳胜处，这里不一一说了。

顺便可以说到读赋。赋别是一体，但我向来是当诗来读的，既然当初《楚辞》是这么读法，那么汉魏六朝的赋也就无须例外了。我读赋大多在八十年代中期，不过是《文选》中的若干篇，以及曹植、陶渊明、庾信等人集子所收的那些而已。中国文章似乎只有赋舍得用言辞，极尽铺陈之能事，把某一小点无限放大。这方法未必有多好，但是唯有如此，美才从此成为一个独立因素，所以就文学发展过程而言，这番美的洗礼的确重要。如果求之以内容，说是空虚无聊也无不可，但是这好比拿个放之四海而皆准的框子去衡量，对待文学哪能这样，这求法本身就错了。宋玉的《高唐赋》《神女赋》《登徒子好色赋》，司马相如的《长门赋》，曹植的《洛神赋》等，内容顶多只是一句话，根本就无所谓。陶渊明的《闲情赋》，江淹的《恨赋》《别赋》，也是如此。但是六朝人命运险恶，前途不保，落笔不免投下一个感慨身世的影子，在鲍照的《芜城赋》中甚至成为主体。这方面登峰造极的是庾信的《哀江南赋》，我觉得可以当作一首史诗看待，美到极致，悲哀也到极致，这个结合最是难得。

唐诗之后有宋词。我读宋词，时间亦与唐诗相重叠，前后侧重有所不同而已，在前多看唐诗，在后多看宋词，大概以一九八五年为界。而我读宋词，此前此后也可分为两期。原先最喜欢李后主和李清照，这还是人云亦云的结果，并没有根据自己的口味特意挑选，不过这两位的确是好，尤其李后主，造化多于人工，尽是浑然天成的东西，李清照用力就要多些，我相信写的时候彼此间应该有个快慢之分。但是李后主"快"在我认为远胜于李白的"快"，还是情感厚重深刻，须得有这个做底子，才可以"快"。一九八五年起专心读词，从温、韦、冯一直到宋末的蒋捷，大约二十来家，都读遍了。这才从中找到一位最感契合也最佩服的作者，就是姜夔。他的词意都很愁苦，反复咀嚼世上悲哀，纠缠其中不能摆脱，像《扬州慢》（"淮左名都"）、《凄凉犯》（"绿杨巷陌"）、《齐天乐》（"庾郎先自吟愁赋"）等，读来每感辛酸；同时却又特别空灵，屡有"数峰清苦，商略黄昏雨""淮南皓月冷千山，冥冥归去无人管""鸳鸯独宿何曾惯，化作西楼一缕云"这类句子，作者好像忽然化仙飞去，不复再看人间一眼。这种反差正是姜词独有之美。此外喜欢周邦彦，我觉得他体贴物理人情（具体而非抽象的）最是周到，形容刻画又最是细致。像"叶上初阳干宿雨，水面清圆，一一风荷举""愁一箭风快，半篙波暖，回头迢递便数驿，望人在天北"等，笔意恰得圆满，令人叹为观止。

其他几位婉约派词人，我也很留意。史达祖用心良苦，可惜局面略窄。张炎意思较姜夔浅近，但是因为添了遗老情怀、更其无奈哀愁；下笔又极尽锤炼，简直无句不佳。周密与张炎相仿佛，然而才情稍逊。吴文英与姜夔并非一路，张炎《词源》持以"清空""质实"二语加以区别，说的其实是词中意象的密集程度，吴词意象较之姜词来得密集，"清空"至少有一部分来自读者对意象之间空隙的感觉，吴词则不给留这个空儿，但"质实"诚然是不"清空"，意象密集却还别有效果，特别是吴词章法奇特，不循常规逻辑，句子间多有跳跃，读者所需要的空隙都留在这里了。我把这一体会应用在整个《如逝如歌》的写作中，所以吴文英虽然并不最喜欢，却要数他对我的影响最大。另一影响来自王沂孙。前面只谈到意象疏落或密集，意象本身还有个分量的问题，意象都是物象，其不同于一般物象之处，在于吸纳了作者的寓意在里面，这便有轻重深浅的区别。若论意象之厚重，莫过于王词了。我从这里也学得不少东西，虽然王沂孙也不是我最喜欢的。还是那句老话，最喜欢的往往是学不到手的，只能空自欣赏。

温庭筠、韦庄、冯延巳三位，我的排列顺序是温胜过冯，冯胜过韦，温词其实单单是个美字，但正是这一点最不容易。韦词那种素朴写法，我嫌它见骨不见肉，反观温词，好处正在肉上，是年轻女子那种美法。北宋的词，我喜欢晏几道与贺铸，淡淡情绪，却很可回味。晏殊有词中少见的大家气，也可备一格。欧阳修也有意思，读了他的词，回过头去想《花间集》中温韦之外别的作品，也很妙，都不正经，但美则美矣。柳永却不是特别喜欢，总是有点浮泛。话说到这里似乎有矛盾了，《花间集》和欧词不更是如此么，我想这里有个区别，他们是词中无我，作者只是个观赏角色，落笔也只是客观描绘，谈不上浮泛；柳词中有一己的身世之感，这方面他多少把握不深。苏轼、辛弃疾也不大爱读，总的来讲，我不喜欢把一个意思特别加以夸张渲染的写法，假如没有意思，可能反倒还要好些。豪放派这一路如张元幹、张孝祥、陈亮、刘过等，我也不喜欢。喜欢的还有一位朱敦儒，意境淡远，我读他最晚，但也正合宜，是个妥当的归结处。

宋诗我喜欢的不多，对几位大家如苏轼、陆游等都没有特别好感，杨万里也觉得太过肆意，反倒暴露了自己的粗疏浅露。他的"毕竟西湖六月中，风光不与四时同。接天莲叶无穷碧，映日荷花别样红"，后两句真好，前两句却未免凑数，其实什么也没说。苏轼的"人生到处知何似，应似飞鸿踏雪泥，泥上偶然留指爪，鸿飞那复计东西"，又说"知何似"，又说"应似"，也有点嫌没话找话，颔联亦只是首联的铺陈而已。所以《冷斋夜话》说潘大临的"满城风雨近重阳"，虽"只此一句奉寄"，倒也不错。其实唐诗中也有仅仅作为铺垫的句子，如"岱宗夫如何，齐鲁青未了""丞相祠堂何处寻，锦官城外柏森森"，上句均只为引出下句，虽说偶用无妨，到底不算精彩。我年轻时爱诵李清照"生当作人杰，死亦为鬼雄"，及至年长，乃知老杜"存者且偷生，死者长已矣"的境界高出不知多少了。说来最爱读的还是姜夔，这有点爱屋及乌的意思，但是他的《除夜自石湖归苕溪》，的确写得亲切自在，好像人间于他，也有过些许欢乐似的。

元明清散曲，我断断续续也读过不少，这也受到父亲很大影响。他说："中国历代散曲的结构、容量和精致的长短句，撇开了词牌规定的限制，也给我很大启发。我的'新体'诗在形式上对于八行诗的解放，就像如果以散曲与绝句相比较，实际上也是一种解放一样。从这个意义上讲，向元明清散曲学习对于我建立'新体'诗特别有帮助。"(《从八行诗到"新体"》)散曲对我没有这个意义，但是父亲一再来信提及，我也就找些来读，以元人所作为主，如关汉卿、白朴、马致远、乔吉、张养浩、张可久等，特别留心他们笔下那股活泛劲儿，在以往诗词中很少见到。此外我读元人杂剧，如王实甫的《西厢记》、关汉卿的《窦娥冤》、马致远的《汉宫秋》、白朴的《梧桐雨》等，以及明清剧作如汤显祖的《牡丹亭》、阮大铖的《燕子笺》、洪昇的《长生殿》、孔尚任的《桃花扇》等，欣赏情节之外（记得父亲曾详细分析过《西厢记》的结构），同时也是当诗来看的。《桃花扇》中"眼看他起朱楼，眼看他宴宾客，眼看他楼塌了"这几句，真是说尽了天下人，天下事。就像咒语似的，看似结论，却是预言，多么结实。

明清之际，诗歌方面有几部奇书，颇可注意。冯梦龙的《挂枝儿》《山歌》，写得天真无赖，每次最好只读一两首，很是爽人脾胃，若一时多读，反倒腻味了。贾凫西的《木皮散人鼓词》，黑暗痛切，古今罕见。后来郑板桥的《道情》，内容多少相近，却很旷达洒脱。清诗中我最喜欢吴梅村、黄仲则和龚自珍。我觉得吴梅村形容渲染最好——说这话好像又有点儿自相矛盾了，其实不然，形容渲染时作者的价值取向应该是负的，再就是要有丰富的想象，以及足够的驾驭字面的能力。彼此相辅相成，抑或是相反相成。其实吴梅村是从白居易《长恨歌》《琵琶行》发展而来，但是字里行间浸透亡国之恨，从虏之悔，也就更抑郁沉痛了。黄仲则挖掘情感曲折深入，几近哽咽难言，描摹情境细致微妙，特别凄美悲凉。龚自珍的《己亥杂诗》，乃是前所未有的一部心灵历程的详尽记录，作者突然把心灵向世界开放了，于是一切投影，意识的，情感的，记忆的，都活动起来，都有了声音颜色。他在想象上极尽奇幻，在文字上也极尽绚丽。还有吴兆骞，道尽了人生的冤苦。清词中我最喜欢朱彝尊和蒋春霖。我觉得两氏上承南宋诸家，朱氏取其醇正清高，蒋氏取其伤痛缠绵，《水云楼词》多写于国破家亡之时，种种天灾人祸，几至于不忍卒读。喜欢的还有项鸿祚，将"哀"与"美"结合得特别好。纳兰性德也读过不少，至少他的小令我并不特别感兴趣。清词自有佳胜处，几乎可与宋词相颉颃，但我对待清词眼光却未免较之宋词稍为苛刻，或许一前一后的缘故罢。

讲到旧体诗，也可以顺便一谈民国以后人士此类作品。我最留心的，前有周氏兄弟，后有陈寅恪。鲁迅早年之作，如《自题小像》等，尚不免幼稚；晚期所写则风骨俱在，意境也新，不妨视为《呐喊》《彷徨》《野草》之后文学活动的继续，其中不无杂感式的尖刻，较之《朝花夕拾》《故事新编》，与文学分子融合得更其周致。周作人的《苦茶庵打油诗》《苦茶庵打油诗补遗》，清简苦涩；《往昔》《丙戌岁暮杂诗》《丁亥暑中杂诗》，古朴浑厚；《儿童杂事诗》则生趣盎然，有如天籁。陈寅恪哀叹文化沦亡，伤痛至极，真是欲哭无泪了。

我读中国新诗，大概历尽整个七八十年代，虽然不像读旧诗那样下过些功夫，总归是时常翻看罢。前后两个十年，兴趣不同。前期最注意艾青，五十年代出版的那部《艾青诗选》，读过多遍。一九七九年他去哈尔滨，交给《北方文学》一首《听，有一个声音》发表，当时父亲主编这刊物，我特地请人抄写一过交付发排，保存了他的一份手稿。艾青的成功之处，在于有时富于想象，像《雪，落在中国的土地上》等，均是如此；其失败之处则是有时缺乏想象。我发现这一点，还是在他七十年代末复出之后，所发表的《光的赞歌》《古罗马的大斗技场》等，粗糙乏味，全无光彩，想象力枯竭了。回过头去看其早期作品，亦多有此种迹象，像《大堰河——我的保姆》等，虽然说是以白描取胜，但想象力不强也是显而易见的。倒是五十年代写的《双尖山》《黑鳗》，有些独到之处。父亲一小部分藏书，"文革"前带到牡丹江，幸存下来，七十年代中期运回北京，就中多为新诗集，我因此得以较多阅读。对一味张扬、假装激昂那一路诗作，无论郭沫若、田间，还是郭小川、贺敬之，都很反感。中国新诗有两个坏的方向，一是无诗意，一是伪诗意；后一方面，郭、贺流弊最大，我始终没有受到影响，真是幸运得很。冰心的《繁星》《春水》，诗味甚少。臧克家的《烙印》《罪恶的黑手》起初给我印象不错，后来发觉也不过是闻一多的余韵而已，他后来的诗一无是处。

七十年代末有机会读到徐志摩、戴望舒、闻一多、李金髪、何其芳诸人之作，觉得耳目一新。徐志摩天分最高，才情最大，《翡冷翠的一夜》《猛虎集》等的好处，一是真，二是美。缺点是局面较小，但是他所有的好诗，却都限于这一小小局面之中；当诗人尝试拓宽自己的路数，无论在哪个方向上，绝少成功。比较而言，《志摩的诗》第一辑末尾几首散文诗，如《常州天宁寺闻礼忏声》《毒药》《白旗》等，似乎还算是有益的探索。另一缺点是层面较浅，我不是说思想，是说他最得心应手的情感。他的诗大概各有所爱，我自己最喜欢的是那首《偶然》。戴望舒比徐志摩深切，但天分略去一道，他的好诗，都在《望舒草》里，如《雨巷》《寻梦者》等，后来的《灾难的岁月》灵气都丧尽了。闻一多说《红烛》"是我过继出去的儿子"，诚然如此，好诗也只见于《死水》。《死水》一诗有种病态之美，是他特有的开掘。但是闻一多才华也远不如徐志摩，徐诗也讲究格律，却不大见限制，反而更美，正是才情高的表现；闻诗则处处都见拘束，正所谓作茧自缚了。李金髪的《微雨》《食客与凶年》每有一种怪诞狰恶之美，而且自然生成，较之闻一多刻意营造更其不易。何其芳的《预言》华丽浓艳，委婉惆怅，真是神来之笔;《画梦录》于此之外，更增添一种神秘莫测气氛。可惜何其芳的美也就到此为止，此后的《夜歌和白天的歌》等，全然失却了自己。穆旦后来有大名声，我却不喜欢，因为他太爱拿诗来讲道理，结果是有道理而无诗。七十年代末以后新发表的作品，我只对"朦胧诗"曾经稍稍留心，此外则极少阅读，谈不出什么意见。

中国新诗的最高成就，当数鲁迅的《野草》。这本书我看得很早，以后又一看再看，现在也是爱读书之一。开始喜欢意思稍稍显露的篇什，如《立论》《这样的战士》《腊叶》《淡淡的血痕中》等，以后口味改变，觉得《秋夜》《影的告别》《复仇》《好的故事》《墓碣文》《颓败线的颤动》等更其诡谲妖艳。《野草》的美是寂寞的美，死亡的美，镂骨铭心的美。我读《野草》，想到比亚兹莱的画，安德列耶夫的小说。在给父亲的信中说过:"力度不来自于亮度，而是来自于相反的东西，也就是说，黑暗才可以打击人的心灵。例如《野草》，那才是有力度的作品。……所谓'力度与亮度'，在诗中应该是一种黑暗的光焰。黑到底，黑出光来。"

关于新诗，我前几年在一篇文章中所说，可以代表我总的看法:"中国新诗迄今快有八十年了，但是好像新诗之为诗还是件事情，这是因为新诗始终没有能在足够的读者与作者中建立起一个正确的诗的观念。五四以后新文学的各个品种，比如散文、小说、戏剧，都只有'好'与'坏'的区别，唯独新诗还常常有'是'与'非'的区别。"

翻译成中文的外国诗，多少年来读过很多，但总是不很看重，我常想一首诗翻译为另一种语言，还能剩下什么呢，想到的有：结构，意象，以及（可能）诗人的想象。肯定丧失什么呢，想到的有：语言（包括韵律）。我的意思是，读翻译诗，只能凭借那些能够保留的东西在自己的头脑中重新构建一首"诗"——那是不完全落实为自己的语言的；而读到的翻译过来的字面只要不对这种重建构成障碍，就求之不得了。根据我的阅读经验，译文如果企图传达原作格律特色，如追求句式齐整、合辙押韵等，大概无不一败涂地，倒不如译成自由诗还能保留一点诗的味道，但这点味道应该属于原作者还是译者，却不得而知了。还有日本的俳句，首先要承认俳句不可译，如果非要翻译，就只能采用散文的译法译其大意，切切不宜采用五七言，尤其不宜添加原本没有的意思，而有些译成五七言的，译者缺乏古典诗词功力，简直成了顺口溜。读翻译诗最是迫不得已的一件事，这里只简单地挑选印象最深的几位诗人说说算了。

还记得那回去武汉，王亚非借来一本戴望舒翻译的《洛尔迦诗抄》，父亲很喜欢其中一首《猎人》："在松林上，/四只鸽子在空中飞翔。//四只鸽子，/在盘旋，在飞翔。//掉下四个影子，/都受了伤。//在松林里，/四只鸽子躺在地上。"父亲说，诗里没有写到枪声，但读罢回旋脑际的却是枪声。我觉得他道着了诗的真谛。说来已过去二十多年，这首诗我仍然能够背诵。

　　父亲的牡丹江藏书中，也有一些外国诗集，主要是叙事诗和诗剧，七十年代中期一并运回，我的阅读就从这里入手。我读了普希金的《茨冈》《高加索的俘虏》《青铜骑士》《加甫利颂》《波尔塔瓦》《欧根·奥涅金》(多为查良铮亦即穆旦所译，迄今我仍认为他译诗的成就在写诗之上)，既是惆怅的，又是健康的、有力的——对别人来说这往往是不同的两个方向，在普希金笔下却轻而易举地融为一体。还读了拜伦的《海盗》《柯林斯的围攻》《该隐》《唐璜》，《唐璜》包罗万象，或可视为欧洲文明的百科全书；强烈的讽刺意味则表明作者对此的态度；然而作为一部长诗，也许更重要的还是贯穿始终的肆意自在的精神。此外还有涅克拉索夫的《严寒，通红的鼻子》《在俄罗斯谁能快乐而自由》，歌德的《赫曼与窦绿苔》，海涅的《德国，一个冬天的童话》，雪莱的《希腊》，裴多菲的《勇敢的约翰》，朗费罗的《伊凡吉琳》

和《海华沙之歌》，等等。不过这些作品我主要是当作故事来看的，大概因为那时外国小说难找，所以如此。回想起来，好像从诗的意义上讲并无多大获益。有不少本都有父亲的签名，如《严寒，通红的鼻子》封面就写着："沙鸥，五〇，三月"，在我的印象中，涅克拉索夫是个严正、沉重、极富同情心而又洋溢着土地气息的诗人。记得鲁迅曾在给译者孟十还的信中讨论"Мороз，Красный нос"这书名的译法："'红鼻霜'固然不对，'严寒，冻红鼻子'太软弱，近于说明，而非翻译。其实还是'严寒，红鼻子'好，如果看不懂，那是因为下三字太简单了，假如伸长而为'严寒，通红的鼻子'，恐怕比较容易懂。"（一九三五年三月三日）我很佩服这段话中所体现的语感。这些书二哥也读，大约与我的读法差不多罢。记得有一次去火车站接人，他带了本《欧根·奥涅金》，出来时站台票夹在书里，女检票员诧异地问你看的是什么，他合上书扬长而去。我觉得他既潇洒，又傲慢。但丁的《神曲》和歌德的《浮士德》我都是以后读到，也没有什么特别的兴致。

这批书中有一本聂鲁达的《英雄事业的赞歌》，翻译作品中，大概要数这本书最早让我真正感到诗的魅力。聂鲁达想象奇崛、意象丰赡，这本书虽然是他颇为次要之作，但也可见一斑，我一再推荐给喜爱诗的朋友（那时似乎人人都喜爱诗），因此而遗失了。以后聂氏诗作印行很多，唯独不见这本再版。很长一段时间，我都很崇拜聂鲁达。他的诗我最喜欢《诗歌总集》中的《马楚·比楚高峰》，开头那句"从空旷到空旷，像一张未捕物的网"，气魄实在大极了。另一首很有名的《伐木者醒来罢》，却不觉得有多好。喜欢的还有《二十首情诗和一首绝望的歌》，几乎任何时候，聂鲁达都能达到想象丰富，但是写到女人和爱情时，他的感觉最为真切。附带说一句，聂鲁达也是父亲喜欢的诗人，在所写的《我与外国诗》一文中，专门讲到聂鲁达给予他的影响。

此后我留心的是两位亚洲诗人：纪伯伦和泰戈尔。他们的诗作翻译过来很多，我看了不少，但是还以最初读的纪伯伦的《先知》《沙与沫》，泰戈尔的《吉檀迦利》《园丁集》，印象最深。这几本书都是冰心所译，说来这也是她真正有点成绩的地方。我对纪伯伦渐渐怠慢了，也许是读了尼采的《查拉图斯特拉如是说》和纪德的《地上的粮食》，《先知》不免相形见绌，而且这是同一话题的不断重复，若论时间它还排在最后。《沙与沫》式的格言，我曾经很热衷，只恨自己不能写出；后来才看出到底精辟绝少，浮泛颇多，虽然《沙与沫》里若干句子至今仍能背诵，谈话中也一再引述，如"幽默感就是分寸感"，等等。泰戈尔当然比纪伯伦伟大得多，《吉檀迦利》与《园丁集》，其中忧愁甚深，凄凉特重，甚至可以说颇有难言之隐，我不知道那是什么，反正让我深为感动。诗人像是匍匐于尘埃之中，唱着天上的乐曲。爱情的极境，都写在《园丁集》里了。他的《新月集》《飞鸟集》虽然也有名，但在我看来比这两本要差一些。

我接触外国现代派诗歌，已经是在八十年代初了。有三位特别值得一提，第一位是艾略特，这是当时凡读诗写诗的人都难以回避的，何况王亚非又对他特别推崇，像《荒原》、《空心人》和《四个四重奏》都曾一再提起，详加分析，我从这里得到的其实是一个感觉，大而言之就是所谓"现代感"，无法简单表述，如果非说不可，最好就是引用《荒原》的开头："四月是最残忍的月份，哺育着/丁香，在死去的土地里，混合着/记忆和欲望，拨动着/沉闷的根芽，在一阵阵春雨里。"以及《空心人》的结尾："世界就是这样告终/世界就是这样告终/世界就是这样告终/不是嘭的一响，而是嘘的一声。"艾略特诗的感觉特别好，也特别强，一切观念都被诉诸感觉，都真正成功为诗了。第二位是埃利蒂斯，他的《英雄挽歌——献给在阿尔巴尼亚战役中牺牲的陆军少尉》和《理所当然》，既磅礴大气，又神奇莫名，简直是奥林匹斯山上诸神发出的声音。及至《玛丽亚·尼菲特》,后面一种成分更重。读了埃利蒂斯,我才体会到什么是真正的雄浑和恢宏,此前遇见假冒的太多了,所以必须找到他来正本清源。第三位是圣-琼·佩斯,这里先要声明一句,通过译本来读圣-琼·佩斯,恐怕不可能不是误读,因为他已被译者(这里译者相当于原文读者,但我猜想原文读者也未必能把圣-琼·佩斯读得明白,Morin就对我这么说)误读过了,我们的一点体会,简直是痴人说梦,所以我所说只是译文给我的感觉,我觉得他的《远征》《流亡》和《风》,应该视为音乐一样的东西,那里的意象好比乐曲里的音符,单独没有什么意义。我写《如逝如歌》,多少从埃利蒂斯和圣-琼·佩斯诗作译本得到一点启示。

兰波和洛特雷亚蒙,虽然都是十九世纪的人,我却觉得意思常新。兰波的《地狱里的一季》和《彩画集》,洛特雷亚蒙的《马尔多罗之歌》,都曾用心读过。这里我所关注的,其实还是"莫名"二字。我的诗歌观念,较之从前已有很大变化,我觉得诗必然不可理喻,一定是神来之笔,这是写诗之法,也是读诗之法。这个想法,也就是加斯东·巴什拉在《梦想的诗学》中的观点:诗人是用心灵而不是心智来写诗的,读者也是用心灵而不是心智来阅读的。我读诗多年,可以说就归结为这么一句话。

另有二十世纪四位俄罗斯诗人，即帕斯捷尔纳克、曼德尔施塔姆、茨维塔耶娃和阿赫玛托娃，一直特别留意，这里不能不提。人间的无限痛苦是他们诗歌的共同源泉，也唯有俄罗斯人才能有如此深切的体验，如此完美的表达。我这样讲话似乎忘记译文的局限了，当然不是，然而的确不能不指出这一点来，或许应该说他们的成就与魅力是不可遏制的罢。而四位诗人又各自有其体验方式和表达方式，世间没有比他们更一致，又更独特的了。他们都活在一个既生天才，又生屠夫，屠夫专门摧残天才，天才却层出不穷的地方。在俄罗斯文学中，痛苦不是一个简单概念，它最复杂，也最深厚，是一切情感总的基调。痛苦是美学的最高范畴。我一向对文学中的激情和气势有所质疑，唯独茨维塔耶娃（我读到的她最好的诗是《山之歌》）是个例外，心灵真正受到强烈震撼，大约区别还在一是做出来的，一是本然所在罢。与之形成鲜明对比的是阿赫玛托娃，我最喜欢她的长诗《没有主人公的叙事诗》，扑朔迷离，晦暗幽深，在整个二十世纪可能也是数一数二的作品；她的《安魂曲》和另外一些小的组诗如《子夜诗抄》等，读过也难以忘怀。这两个女人最终是殊途同归的。帕斯捷尔纳克诗作的几种中文译本都不大可读，实在可惜，他好用现代意象，译成中文诗意方面损失较多;《日瓦戈医生》最后一章由二十五首诗构成，这书我先后买过几个译本，就为了找一种诗译得稍稍像点样子的，最后多少体会到他的博大深邃。曼德尔施塔姆的诗构思奇特，意象怪异，在所有诗人中恐怕要数他是最黑暗的了，就像是痛苦渊薮里的声声喘息，然而黑暗到了他这境地，就是光明。

第七章　读散文

多少年后我才明白，所谓散文不过是文字而已；对文字有文字的感觉，也就是散文了。我开始有这种感觉，大概是在一九七四年，那时母亲从废品站替我找到几本书，其中有部"文革"前的散文选，所收多是杨朔、秦牧、刘白羽的作品，如《雪浪花》《茶花赋》《土地》《长江三日》等，这是我正经读的第一本散文。当时私下里一提起散文，大家总是说这三位，文章也是那些篇，我也就真的以为好了。这本书我一读再读，后来大哥借给表姐，我怕丢了，非逼着他尽快索还不可；大哥已回到兵团，来信中有句话我还记得："不过是一本缺头短尾的破书而已！"那书的确连封面扉页都被撕掉了，到现在我也不知道它的名字。以后我又读到三位的散文集子，像杨朔的《东风第一枝》、秦牧的《花城》等，觉得才分略有出入，秦牧较为逊色，这只要拿他模仿《金蔷薇》写的《艺海拾贝》与原作对比一下就知道了，不过他们的影响一时还消除不掉。虽然慢慢地也看出布局谋篇多半落套，结尾往往硬行拔高，但是很长一段时间，我仍然以为只是意思不好，散文总是这个写法，——也就是说，散文这一概念，对我来说，还只限于抒情散文这一文体。"文革"后轰动一时之作，例如徐迟的《哥德巴赫猜想》等，其实也在这一方向上。

中国古代文章也读到一些，当然是人人称道的《古文观止》之类，而最用心读的，乃是唐宋八大家的篇什，像韩愈的《送孟东野序》《师说》，柳宗元的"永州八记"，欧阳修的《秋声赋》《醉翁亭记》，苏轼的前后《赤壁赋》等。此后又找到韩愈、柳宗元、苏轼和曾巩的集子，重点读"记"，兼及"论"和"序"。对明清宗八家者，只有归有光和方苞读得较多。同时开始接触现代散文，却以朱自清为主，还有冰心、俞平伯等，都是《荷塘月色》《背影》《寄小读者》《陶然亭的雪》这路文章。总之我还是按照文学史的现成说法来读散文的。唐宋八大家，桐城派，朱自清等，与杨朔辈说来颇有相通之处，这更使我对散文难以形成什么别的看法。

杨绛的《干校六记》于一九八〇年面世，我读了眼前不啻另开一片天地。与从前看的那些相比，显然有个高下之分，不过还是觉得其意义只限于叙事散文范围。很早以前读过鲁迅的《朝花夕拾》，这时回想起来，觉出别有一番好处。以后又读了《左传》《史记》等，于是关于叙事散文，大致有个认识了。但是上中学时留下的印象，散文抒情叙事各成一体，互不相干，这似乎已是前提，轻易不能动摇。仍觉得散文以抒情为正宗，而要写恐怕就得像杨朔他们那样拿着劲儿罢。在我头脑之中，尚且没有一个完整的散文观念。

　　一九八六年对我来说是个关键年头。先是在书店里看见一部《知堂书话》，几经犹豫才买下来，早听说周作人是散文大家，此前却一篇也未读过，我当时有个可笑的想法，就是希望能从他这儿读到"真正的散文作品"，也就是说，写得最好的抒情散文。这样也就没马上看出这本书的特别意思。以后又买到他三本书：《知堂文集》、《过去的工作》和《知堂乙酉文编》，都是影印本。读了一遍，我甚感诧异，那种抒情散文，怎么他一篇也不写呢。这里的《乌篷船》《苍蝇》《石板路》《风的话》等，看题目仿佛是抒情之作，然而却根本不同，既不渲染夸饰，也不刻意做作，老老实实把一点真实感想写出来就是了。当然这些并非抒情散文，而是随笔。随笔这一形式，首次出现在我的视野里，对我来说，其意义却是涵盖整个散文的。周氏写《乌篷船》等，与谈读书或谈思想没有多大区别，其实他所有文章，都是这种态度。再联系到前述几部叙事散文著作，若论态度也很自然。我因此明白对整个散文来说，自然实在才是关键，而无拘什么文体。杨朔等人的东西，坏只坏在装模作样，而这正可以向前追溯到桐城派和唐宋八大家。他们的论、传、序、记、书、启等，当然并非抒情散文，但白话文中抒情散文的毛病，根子的确扎在这里。散文不止抒情一路，它并非什么主流，就算写抒情散文，也不应当是那般写法。我尽可能多找周作人的文章来读，上溯从前读过的《论语》和《颜氏家训》等，似乎看到中国散文的一条正路。从这年底到次年初，我又花四个月的时间读《庄子》，此前虽然也看过其中几篇，但是没有这么用心，一字一句地斟酌。《庄子》是中国文章另外一条正路，——说是"路"恐怕不大确当，因为它是前无古人，后无来者的。《庄子》当然表现自己，但是才华绝世，而又轻松自如，相比之下，后来从唐宋八大家到杨朔、秦牧、刘白羽，写得虚张声势，其实并没有多少才华可言，这可以说是从另一方面坚定了我的信念。重读一遍《古文观止》，觉得从前当范文来看的那些篇章，策论往往故作惊人之语，颇不讲理；游记则多半空洞无物，实在没有什么看头。什么"韩潮苏海""文起八代之衰"，都是胡说。

这一年我二十七岁，在散文方面才真正有所觉悟，较之小说与诗要迟钝得多。此后中国文章可以说从头读起，从前都算是白读了。周作人尝以"言志"与"载道"概括古往今来的两类文章，我想也可以形容为"率性"与"听命"，要而言之，写自己想写的文章，不写别人让你写的文章。落实到文章写法，我的体会又总结成四句话，即好话好说，合情合理，非正统，不规矩。末后两点分别就思想与文章而言。我又曾说不喜欢载道的文章，不喜欢因循的文章，不喜欢盛世的文章，载道即对着正统，因循即对着规矩，若盛世则与好话好说及合情合理居于相反位置，但又特别有所强调罢了。以此为标准，大致可以看清中国文章是怎么回事。前述唐宋八大家、桐城派到杨朔、秦牧、刘白羽，或许还可以加上后来余秋雨之流所谓"文化大散文"，正代表了中国文章最坏的一面。至于朱自清、俞平伯那些抒情之作，也绝对不是什么上品。总而言之，中国散文正统和规矩两路都是要不得的，要想体会好处，须得反其道而行之，从非正统和不规矩的方面着眼。

中国文章若以时期划分，当以先秦、魏晋六朝、晚明和五四为高峰。先秦文章（此处盖泛泛而言，若细加考订，则我多取疑古一派的说法，认定其中有一部分系汉人伪作）尚属草创，一概没有成法，特具鲜活气象。最可称道的当然是《庄子》了，所谓"恣纵而不傥"，真个自适其适，无拘无束。迄今用中文写作者似乎还没有谁语汇如此丰足，又是那么灵活用法。我尝与友人写信论道，有云："什么都不法，就法了自然。"正可以用来形容《庄子》。《左传》下笔既充沛，又精炼，正是恰到好处，描绘也特别传神，是为古今最佳叙事之作。——虽然这未必尽合我对文章的理想，恰到好处其实并非恰到好处，留有余地就更好，譬如《论语》；孔子所谓"文质彬彬"，即是留有余地之意，恰到好处则已经略显文胜质了。但是若与《史记》相比，《左传》还是底蕴丰厚，沉着大方，《史记》当然更其神采飞扬，只是未免太"满"，有些逞才，比《左传》的恰到好处，好像还要超出一点儿去。先秦人又最具辩才，聪明绝顶，这里要提到《公孙龙子》，我读它还在中学时候，以后一再翻看，觉得穷尽思路，甚有理趣。此外《战国策》与《晏子春秋》也都立足于这么一点：如何把话说到最好程度。有辩才所以就不着急，主动性总在掌握之中，若《孟子》则嫌气势太盛，有些霸道。《荀子》倒是语态平和，只是章法过于明晰，好像后来学院派写论文的意思了。

魏晋六朝文章，可以说是只有成就，不立规矩。我们体会得了好处，模仿不了样子；因为真正的好处是风骨，沉潜在底层，尽管字面足够精彩。其中刘义庆的《世说新语》凝练隽永，余味无穷。郦道元的《水经注》与杨衒之的《洛阳伽蓝记》曲折优美，都是写景佳品，相比之下，《水经注》更其爽朗，《洛阳伽蓝记》稍显沉抑。钟嵘的《诗品》笔意老成苍劲。释慧皎的《高僧传》写得活灵活现，在纪传一体中堪称出类拔萃。鸠摩罗什译的几部佛经，如《金刚经》《维摩诘所说经》《妙法莲华经》等，气度安闲，遣字造句略见拙意，别有一番生趣。其他如曹操、阮籍、嵇康、陶潜等，也不乏杰作。我读文章，一怕炫耀，二怕甜俗，三怕滥调，魏晋六朝散文则正与此相反，作者虽然无不精心结撰，但是阅历特深，才分极高，下笔总有余地，行文每具古涩之气，呈现一种委婉成熟的美，最耐人咀嚼了。

晚明散文都是性情文章，形容的话就是"情生文，文生情"，但是"文生情"总要胜过"情生文"一点儿罢，所以文章的好毋庸多言，要紧还在情之深浅高下。我因此觉得张岱要胜过此前公安、竟陵两派，说他是集大成者，兼具前者之自如，后者之锤炼，这话不错；但是他更多一个国破家亡的背景，悲欢离合尽皆诉诸笔端，却是他们所尤为不及者。我读《陶庵梦忆》和《西湖梦寻》，每每有读三袁和钟、谭时所没有的特别感动。另外还很推崇傅山，他的著作我只读过后人所编《霜红龛文》选本，奇崛泼辣，正所谓"土膏露气真味尚存"。相比之下，三袁等还是文人面貌，尽管不酸不腐；笔底都是性情流露，其间略有厚薄不同。张岱、傅山是过来人，人生的幼稚冲动、痴心妄想一律汰尽了；文章还是过来人才写得最好。这个过来与当下的区别，是为散文写作的一大要害。当然若论公安、竟陵文章，毕竟很可佩服。中郎的游记和尺牍，清新自然，一片澄明；小修的《游居柿录》，色调稍晦，不无哀婉。至于钟惺和谭友夏之刻意文字，呕心沥血，我也觉得很有意义，笔下别具涩意。他们也是游记最好。刘侗、于奕正的《帝京景物略》，因为写的北京，除字句之美外，内容更添几分亲切。至于王思任的《文饭小品》，豪放谐趣，实在是文章与性情两胜了。此外徐渭的不少篇什，李贽的《焚书》《续焚书》，都自说自话到无法无天的程度。金圣叹为《水浒》《西厢》写的序和批语，更其狂放恣意。晚明文章自在得稍显夸张，不过还是恰到好处。

前面所谈各期之作，若依正统观念，多有不当视为文章者。其实世间原本没有专门文章，先秦诸子皆然，就连文采最重的《庄子》，"文"也只是一种"采"罢了，毕竟还是要说意思的。后来思想上树立正统，写法上设置规矩，文章入了套路，也就坏了。提出"非正统"和"不规矩"，便有一个从文章以外去看文章之意。中国的好散文，还应包括题跋、尺牍、笔记、日记、语录、诗话和词话。因为一来都不是按照正经路数写的，二来总归有些意思要说。譬如苏轼的确有佳作，但不是平常大家看重的那些，而是《东坡志林》和题跋尺牍。我很爱看笔记，特别是宋明遗老所作，如孟元老的《东京梦华录》，周密的《齐东野语》《癸辛杂识》《武林旧事》，屈大均的《广东新语》，李清的《三垣笔记》等，气氛苦涩悲凉，分量也比较重。陆游虽不在遗老之列，但他的《老学庵笔记》与上述作品读来颇有相近之处。这也可推广至几种小传，如辛文房的《唐才子传》、夏庭芝的《青楼集》、余怀的《板桥杂记》等，往昔人物风流云散，追忆一二，甚可感怀。叶绍袁的日记《甲行日注》，记述颠沛流离经历，也很真挚感人。我不喜欢盛世的文章，这里所说正可作为反证。盛世文章多粗狂，张扬，青春气，令人生厌。笔记若以类来划分，则首选风土人情和历史琐闻两类，考据辨证类次之，小说故事类又次之。因为一直生活在北京的关系，对记述有关北京风俗的笔记更是特别看重，当然这已与文章之事无甚关系了。

说来我对五四以来的白话散文，更为留心。大约五四一辈，只求实话实说，而这就特见性情，譬如钱玄同的谈论思想和经史的文章，率真激烈；刘半农的《半农杂文》和《半农杂文二集》，风趣滑稽，都是文如其人的。此后作者则于文章上更多用心，而其中成就突出者，都有足够才具倚恃，火候又总能把握适当。譬如梁遇春的《泪与笑》，诙谐感伤，过分则流于无病呻吟；梁实秋的《雅舍小品》精致典雅，过分则流于装腔作势；张爱玲的《流言》和其他文章，人情练达，聪明绝顶，过分则流于尖酸刻薄，然而他们都不过分。以周氏兄弟为代表，白话散文在二十到四十年代，已经相当完美。张爱玲遣词造句之随心所欲，华贵潇洒，迄今很少有人能够比拟。而作为散文审美取向之一的闲适，到梁实秋笔下也已臻于极境。（这里说明一句，如果闲适是目的，则周作人总的来说并不闲适，梁实秋以及前述晚明的三袁等才是闲适；如果闲适是手段，即一种行文态度，那么周作人可以说是最闲适的了。）此后文章当然仍有不小成绩，内地如杨绛的《干校六记》、《将饮茶》和《杂写与杂忆》，自然朴素，谷林《书边杂写》，精致隽永；海外如台静农的《龙坡杂文》，清峻劲健，都有相当地位。但是总的来说，白话散文仍以二十到四十年代成就最大。

以上所谈，只是我的个人爱好而已，有两类文章尚未涉及，其一是不喜欢的，不必在此一一列举，浪费笔墨了；其一是对我有特别影响的，需要单独挑出来谈论。在不甚严格的狭义文章范围内，我所受到的影响大致有"正""变"两路。《论语》、《颜氏家训》和周作人散文，可以称为"正"。我读《论语》始于一九七三年"批林批孔"，报纸上批判文章多摘引该书，我专挑这个读，约略明白一点意思；后来从过士行处借到杨伯峻的《论语译注》，通读过一遍白文。"文革"结束后，又有机会重看，但是仍不曾从文学上着想。如前所述，读了周作人，才联系到《论语》，觉得为文路数最接近，这几乎是恍然大悟。以后便时常翻阅。《论语》质朴，然而又很润泽，尤其是那些较短的章节。孔子说："质胜文则野，文胜质则史，文质彬彬，然后君子。"这句话说尽了天下文章，而《论语》境界，正在于"文质彬彬"。这里孔子意思都很中肯，话也说得实在，可以说"文"与"质"俱在，一切只需如实记录下来，即如其所说："辞达而已矣。"也就是《周易》讲的"修辞立其诚"，这个"诚"对孔子来说，则是本来如此，所以《论语》是君子文章，也就是"君子坦荡荡"了。《论语》好就好在本色，虽然本色文章最难。而"辞"若能"达"，则不乏才具，无所谓"质胜文则野"，只需留神不"文胜质则史"就是了，所以孔子论文，多半都针对后一方面。后来喜欢闪烁其词、渲染夸饰者，无论"质"与"文"都不自信，说得不好听，就是"小人长戚戚"。这个区别，也可以引用孔子另一句话："君子求诸己，小人求诸人。""求诸己"即"辞达而已矣"，"求诸人"

则是取悦于读者。《论语》只是孔子及若干弟子的语录，但记述者很能领会孔子的想法，换句话说，如果孔子自己作文，大概也是如此。

前述南北朝几种著述，都是既飘逸，又沉稳，颜之推的《颜氏家训》看来似乎更其沉稳，犹如《水经注》与《洛阳伽蓝记》更其飘逸一样。即如《文章》篇所云："凡为文章，犹人乘骐骥，虽有逸气，当以衔勒制之，勿使流乱轨躅，放意填坑岸也。"不过须得真"有逸气"，才能谈得上"制之"，《颜氏家训》说来亦自飘逸得很。它是潇洒而不放纵，严谨而不拘谨。然而这并非揣摩分寸得来，纯是修养使然。有一回王亚非问我这书好处究竟何在，我很费一番心思，末了说大概是个"正"字，即此是也。《终制》篇说："聊书素怀，以为汝诫。"也可以用来形容全书口吻。此老其实一生感慨极多，涉及各个方面，但是暮年为文，又对子孙讲话，所以尽弃浮华，既不虚应故事，也不唱为高调，加之胸襟高远，阅世透彻，所说总是落在实处。而且自家人言语，也就无所拘束，无论先哲教诲，还是身边事例，一律随手拈来，任意应用，但又不枝不蔓。文章好就好在散聚得当，或者说是收放自如罢。

前面提到周作人的《乌篷船》等，这些也是他最有名的作品，然而我反倒觉得不过是随意写成，消遣而已，文章虽好，于他却未必算是最好。其为他人所不可及的还当数文化方面的批评和读书随笔，如《关于活埋》《鬼的生长》《赋得猫》《无生老母的消息》等。只有鲁迅的《坟》的白话文部分及《买〈小学大全〉记》《病后杂谈》《病后杂谈之余》等可与之比肩，而这些也是我最喜欢的鲁迅的文章。我又尝将周作人一生创作分为早中晚三期，分别以三十年代初和四十年代中为界限，各期皆有特色，若论个人口味，则最喜欢中期作品，具体说来，就是所谓"文抄公"者。周氏另有两类文章也甚可注意，一是怀人之作，如《志摩纪念》《半农纪念》《隅卿纪念》《玄同纪念》等；一是题跋之作，如《药堂语录》和《书房一角》所收录的那些。他的文章冲淡平和，丰腴蕴藉，疏散从容，朴讷苦涩，最大的好处是在行文的态度上：由唐宋八大家起始，桐城派承续，多少年来中国文章总有点儿作态，作者一提笔就要对读者制造一种效果，不然就不大放心；他则认定根本无须如此，倒不如老老实实写出来，自然本色才是最上乘的，这可以说是全部散文创作中最重要的一点了。写家总是死于作文那个"作"字之下，他却根本不"作"；文章不当文章来写，可能就是好文章了。《论语》、《颜氏家训》和周作人的文章，虽然文字今昔不同，意思也有差异，共同之处在于质朴与自然，或者可以说写作态度是一致的，也就是合情合理，好话好说。

我从周氏那里悟得一个态度，但是自己写作，如果说有所师承的话，却还要加上废名不可，特别是在文字方面。废名文章，最初我只读到选本里所收十来篇，很不解气，便去翻找旧报刊，结果最终竟编出一本《废名文集》来了。这是后话，当初却只为了多所见识。知堂是浑然天成，废名则字字琢磨，一丝不苟，所以前者只可领会，后者可以学习。知堂文多苦涩气，乃是作者骨子里的，下笔多很随意，一切自然流露出来。废名则有心不使文字过于顺畅，多些曲折跳跃，因此别有一份空灵，一种涩味。所以周氏不是美文，废名是美文，而我们通常说的美文（譬如朱自清、俞平伯那些抒情之作）也不是美文。废名最怕文章写得"流"了，我很佩服这种不肯轻易向字句让步的精神。他又来得很"怪"，无论立意，角度，论断，都轻易不循常规，特别是《谈新诗》和有关古代诗文的短论，每每令人叹为观止。举个例子，历来人谈论李商隐的诗，就数废名让我觉得契合投机，虽只是零星片段，但所说颇得要领，可惜他的"玉溪诗论"没有完整保存下来。

以上是我所谓"正"这路文章，另有"变"的一路，特别提出两家，一是《韩非子》，一是鲁迅的散文。其实"正"与"变"只是根据个人口味所定，未必分出高下。大概区别在亮与暗，或温与冷罢。我自己本性原有此两面，所以两路文章都爱读，只是凭理智来讲，有点害怕自己的黑暗冷酷，愿意尽量多呈现一点光亮温暖而已，所以说一"正"一"变"。《韩非子》似乎多所本诸《老子》，世间动辄就说"老庄"，其实庄与老何干，倒是老韩一脉相承。不过《老子》多断言，也就是不讲理，我曾说它是非人间视点，即由此而来；《韩非子》另讲一番道理，但并不是我们说的"合情合理"的"理"，当然更没有"情"了。人间情理其实是一种限度，《论语》等都是在此限度之内说话，《韩非子》则根本不承认这一限度存在。前者有所顾忌或有所畏惧，后者无所顾忌或无所畏惧。然而可爱与可怕都有魅力。我读《韩非子》，时时感到深入透彻，令人毛骨悚然，非有绝世才华，不足以做到如此，尽管他说："夫物之待饰而后行者，其质不美也。"(《解老》)韩文之刻毒诡谲，是言辞，也是思想，二者打成一片，本身就是"质"，所以无须再"饰"以什么了。至于所津津乐道的"人主""君""国"等，我对此毫无兴趣，虽然在他几乎是唯一的出发点。

前文已经讲过，鲁迅的著作我读得很早。大致说来，是循译文、古籍—小说、散文和新旧体诗—杂文的顺序。鲁迅特别吸引我的地方有三点，一是对人性卑劣伪善一面的洞彻，一是达到这种洞彻特有的思维方式，一是奇异的文字之美。鲁迅文章，极端而残酷地深刻，又极端而残酷地美。在《华盖集》和《华盖集续编》中，这些都到炉火纯青地步，真是犀利辛辣，寸铁杀人，即以其人之道，还治其人之身。这时的鲁迅，心灵最自由，下笔也最肆意。都说鲁迅好辩，但他才不是孟子"予岂好辩哉，予不得已也"那一路呢，其文亦如《韩非子》，洋溢着一种智慧的恶意。周作人的"书话"和鲁迅这两本书，我不知读过多少遍，尤其是在打算写点东西之前；我读周作人，是引导自己暂别浮躁，获得平和的心境；读鲁迅，则为了激发一点智慧，至少也让思想不复循规蹈矩。以偏激来批评鲁迅，并不是妥当的理由，因为他的智慧正由此而来，否则他难以如此深刻；但是鲁迅某些后期之作，未免近乎偏执，好像智慧被蒙蔽了，较之《华盖集》和《华盖集续编》，文气也往往过于紧迫。至于他的散文，《朝花夕拾》深厚生动，只是偶尔露出杂文气，稍嫌破坏语境，虽然在他是故意如此；最后写的《我的第一个师父》《死》《"这也是生活"》《女吊》等篇，其实艺术上更为圆满。

以上是就"不甚严格的狭义散文"而言，扩大到广义的散文范围，则也有几类作品对我有重要影响。第一是诗话、词话。古人此类著述，大致可分为评论和记事两大类，我更重视前者，其中严羽的《沧浪诗话》、叶梦得的《石林诗话》、王夫之的《姜斋诗话》、薛雪的《一瓢诗话》、吴乔《围炉诗话》、张炎的《词源》、陈廷焯的《白雨斋词话》、况周颐的《蕙风词话》等，印象都很深。王国维的《人间词话》，立论独辟蹊径，然而评价颇有不甚公允之处，尤其谈到姜夔、吴文英、王沂孙、张炎等，我一点也不同意。诗话、词话每则多很简短，但却体会入微，而前人佳作的好处，正在字里行间，需要我们细细品味，用心感受，倘若走马观花，则一无所得。古人谈论诗词，又往往互相联系，彼此打通，窥见共同规律，但始终不离前述具体感受。我正是由此学得一种读书方法，或者说思维方法，而将其记录下来，似乎就是文章的特别写法了，尝称之为"文本研究"。这也可以扩大到古人诗词的注疏方面，譬如金圣叹的《杜诗解》，每每精辟深入，此外杨伦的《杜诗镜诠》、冯浩的《玉谿生诗集笺注》、王琦的《李长吉歌诗汇解》等，也都很好。不过我的兴趣在就诗论诗，对考证本事等并不关心。顾随的《东坡词说》《稼轩词说》，俞平伯的《读词偶得》《清真词释》，浦江清的《词的讲解》和刘永济的《微睇室说词》，可以说是在古人诗话、词话基础上更发展一步，体会更细更深。顾随还有一部谈禅的《揣龠录》，更能体现他的风格。顾随文才极高，大概仅亚于鲁迅，他的文字宜看他自己写的那些，潇洒狂放，才华横溢，弟子叶嘉莹所记录的就只能看个大概意思，谈不上什么文采了。

我继读《庄子》之后，又用了大半年时间，揣摩禅宗。思想上所受影响这里不谈，但是从普济编的《五灯会元》和赜藏主编的《古尊宿语录》，学得不少文章写法。这两部禅宗行状、偈颂、公案和语录的汇编，堪称是中国古代的智慧之书，同时也是整个文学史上的散文杰作。一切公案都是自创语境，另立前提，这一思维方式最可留意。禅家又什么都放得下，没有书生气或文人相。说话向来随心所欲，而著之笔墨，文不尽是文，话又不尽是话，文话之间火候正好，总是活泼泼的。古人论诗，有要参活法不参死法一说，其实用之于文，语录最是典范。我之所谓不规矩，真是无逾于此了。后来朱熹的《朱子语类》，多少模仿禅宗语录，单当文章看，也是很生动的。——可以对比王阳明的《传习录》，那里道理都很对，但总觉得说话的这个人并不很有意思。《朱子语类》里这类好玩的话："老子心最毒，……闲时他只是如此柔伏，遇着那刚强底人，它便是如此待你。""须是一棒一条痕，一掴一掌血。看人文字，要当如此，岂可忽略。"《传习录》中一句也找不着，从头到尾只是严正端方。

我的兴趣，至此还是以随笔为主，兼及叙事散文，对抒情散文则多半看不入眼。此后似乎又有一番进境，就是发现二十至四十年代文史方面的论文，很多都是非常精彩的散文。这也可以说是视野的进一步开阔。至此我的散文观念，才算得上是健全了。这方面好的作品很多，如鲁迅的《中国小说的历史的变迁》《魏晋风度及文章与药及酒之关系》，周作人的《中国新文学的源流》，钱玄同的《重论经今古文学问题》，俞平伯的《红楼梦辨》，顾颉刚的《汉代学术史略》，周叔迦的《中国佛学史》《八宗概要》，闻一多的《神话与诗》《唐诗杂论》，朱自清的《诗言志辨》，李健吾的《咀华集》《咀华二集》等。后来此类著述，意思驳杂不提，文字也不干净，佳作好像只有钱锺书的《旧文四篇》和杨绛的《春泥集》《关于小说》。此外张爱玲的《红楼梦魇》也好。而与我个人口味最投缘的，是胡适有关古代小说的一系列考据文章，孙楷第的《沧州集》和《沧州后集》，尤其是浦江清的《八仙考》等几篇论文。这些诚然都是论文，若论态度却是随笔的，闲适的，也就是如胡兰成形容的是"解散"的，而且颇具文章之美。作为论文，它们总都言之有物，无论见解还是材料；当作散文来看，一般说来，较之随笔（譬如梁实秋、林语堂等的作品）更为结实，更有分量。小品的态度与大品的分量相结合，对我来说，也是一个重要启示。我们写随笔，须得以论文做底子；自家尽管无心也不必写论文，但从不觉得随笔可以随便乱写。

外国散文的译作，我也读了不少，但是这里又要讲一点题外话了。散文之为散文，总归不离文字，那么一经翻译便尽告丧失，正与诗歌相仿。若论文本好坏，都只能归在译者名下。当然如果译文说得过去，也可以对诸如叙述方式，文字的形象性，乃至轶闻趣事之类闲笔，多少有所体会，这是退而求其次了。我曾在一篇文章里，称之为"非文体的文体"。通常说到翻译过来的外国散文，多半是取散文的广义概念，即除诗歌、戏剧、小说外的相当一部分文字，包括理论著作和历史著作在内。如果当理论历史来读，那是另外一回事；视之为散文，则如上所述，实在有点隔靴搔痒的意思。但是我们也只好这么凑合着说了。我从这"非文体的文体"里，也受到一些影响，具体说来只有一家之作，即川端康成的散文。日本人的散文都是胡乱写的，我们所谓章法脉络他们不大理会，这一点，在川端的《临终的眼》《文学自传》《我在美丽的日本》等作品中体现得最为明显。它们只是若干思绪向着某一大致相同方向上的发展，发展过程是存在的，但是无所谓起始，也无所谓终结，思绪与思绪之间有着很大的空隙，这大概也就是散文的那个"散"罢。相比之下，我们很多文章未免太看重起承转合，参的正是死法。而文章舒展，疏散，不紧不密，才是上品。这里总括一句，以上讲到所受各种影响，没有任何自我夸耀之意。严羽说，"学其上，仅得其中；学其中，斯为下矣"。其实是一句勉励人的话，没准儿"学其上"，末了还是"斯为下矣"呢。

外国散文中另有两家我很感意气相投，而且写的都是读书之作，但是未必谈得上受了什么影响。一位是伍尔夫，她的《普通读者》两集恐怕要算是十分理想的随笔了，我羡慕她的态度以及叙述方式，如此高雅、温和、含蓄和富于节制。读伍尔夫的小说总让我感到她有点儿紧张，她写论文却完全不同。另一位是本雅明，在《发达资本主义时代的抒情诗人》及《弗朗茨·卡夫卡》、《讲故事的人》等文章中，值得注意的是其所特有的切入方式和极度的敏锐性，作者似乎无意整体包容对象，而仅仅依靠若干切入点，已经足以支撑起全局了。两位作家所呈现的这些特点，至少对我来说，其意义远远超越了个人风格。

我读外国散文，基本上是八十年代以后的事情。从前（还是上中学时）一度喜欢马克思，《神圣家族》（与恩格斯合著）等一再诵读，直到高考时，还边准备功课，边坚持读完《资本论》第一卷。马克思诗人气质极重，不像德国人倒像法国人；若论形容渲染，功夫比现在写所谓"大散文"者强得远呢。后来阅读兴趣涉及很多方面，包括历史、理论专著、随笔、论文、传记和游记等各类作品。都是胡乱读的，不成系统，这里随便挑几种说说印象罢。希罗多德的《历史》和修昔底德的《伯罗奔尼撒战争史》，作者的视点多少有所不同，前者是历史中之一人，叙述见闻给他带来无限快乐；而后者仿佛俯视所发生过的一切，气魄更其宏伟。色诺芬的《长征记》，内容生动有趣。恺撒的《内战记》和《高卢战记》，叙事简洁饱满。奥古斯丁的《忏悔录》，是一部深情的和穷尽自己心灵每一角落的书。马基雅维利的《佛罗伦萨史》，则始终体现着作者的智慧、理性和秩序感。叔本华的《作为意志和表象的世界》与《附录和补遗》，深刻与冷静相辅相成，——这或许便是他所特有的冷酷罢，然而冷酷似乎反而造成行文的无限热情。读克尔恺郭尔的《或此或彼》《恐惧与颤栗》等，仿佛是在幽秘的处所，听一个灵魂无止无休地窃窃私语，为它的蔓延、弥散、纠缠和反复转折所吸引，渐渐感到那个语境即黑暗的光亮和力度。卡夫卡的随笔和日记，虽然多很简短，但时时都在独自与上帝就最根本的问题加以商榷，没有人像他那样触及人类和世界最深切的所在，就"本质话语"（这包括概括性、穿透力、真正意义上的格言和强烈的警辟作用）而言，堪称无与伦比。我对罗兰·巴特的《恋人絮语》《符号帝国》和德里达的《多义的记忆》等的兴趣，更在于其无限开放性，无论思维、感受和言语，都是无拘束和无限制的，他们似乎是要穷尽自己的能力，让思维、感受和言语都奔跑起来，甚至飞翔起来。

卡内蒂的《获救之舌》和纳博科夫的《说吧，记忆》是我所读过的最好的回忆录，对两位作者来说，在记忆深处承受一切、容留一切的是心灵，而将其一一重新呈现出来的也是心灵。我对回忆录和传记一直很感兴趣，不过传记要严格限定在非虚构的范围内，那种真假参半的"传记小说"，不能当作传记来读。除茨威格所写传记外，我还很喜欢莫洛亚的《仲马一家三代》《雨果传》《巴尔扎克传》等，生动有趣，极富魅力，却绝无虚构——我将这看作传记作家的道德所在。但后来我稍嫌两位作者未免对传主所处时代的古典精神过于仰视了。

俄罗斯的散文值得单独一谈。其中舍斯托夫的《在约伯的天平上》、《雅典与耶路撒冷》和《旷野呼告》热情洋溢，巴赫金的《陀思妥耶夫斯基诗学问题》和《弗朗索瓦·拉伯雷的创作与中世纪和文艺复兴时期的民间文化》深邃绵密，都担得起"心灵的诗篇"这句话。我们衡量俄罗斯文学的好处,该用"体积"和"分量"这两个字眼,这充分体现在上述两位的著作中。普里什文的《大自然的日历》、《林中水滴》和《大地的眼睛》,可以看作是对屠格涅夫《猎人笔记》的某种呼应,但是大自然本身更其成为主体。这是俄罗斯散文的母题之一,不过没有一个人达到普里什文那样纯净安详的程度。附带说一句,我对普里什文的好感,远远胜于写《瓦尔登湖》的梭罗。帕乌斯托夫斯基的《金蔷薇》和《面向秋野》,与普里什文正是异曲同工,好比拿他看大自然的眼光去看作家的心灵,同样给人透明洁净之感。如果以"深刻"与"广大"来要求,在整个世界范围内,尚未见到比索尔仁尼琴的《古拉格群岛》具有更大可能性的散文作品。这是一部关于灵魂、苦难、希望和人类最高道德尺度的交响乐,我们从中听到了陀思妥耶夫斯基和托尔斯泰的庄严声音。它是即刻的记录,又是属于未来的。关于后一点可以与爱伦堡的《人·岁月·生活》比较一下,爱伦堡只是"杰出的新闻记者",而索尔仁尼琴是灵魂的诗人,他的著作永远令人震撼。

在日本,散文(具体说来是随笔)在全部文学中有着比西方更为重要的位置。清少纳言的《枕草子》是足以代表整个日本散文的作品,就像《源氏物语》足以代表整个日本小说一样。如果说紫式部主要关注的是世界上的某个人，某些事，那么清少纳言所关注的就是自己与这个世界的关系。换句话说，她对世界上发生的事情没兴趣，但对这个世界本身感兴趣，有感觉。在她笔下，四时流转，自然变幻，简直无一不是美的展现；而这本书感觉之微妙，内容之丰富，情趣之活泼，以及品位之高雅，都是空前绝后的。这也可以说是一本有关情调的书，平常一讲到情调总嫌做作，此独不然，因为仅仅涉及审美的缘故罢。如果将《枕草子》与《世说新语》加以对比，似乎可以看出日本人与中国人趣味上的某种区别。吉田兼好的《徒然草》是一部智者的独白，写的是对人生的彻悟，然而作者在这里运用的与其说是思想，不如说仍是感受。此书另一特色是自然朴素，而这同样也是《枕草子》和其他日本散文作品的特色。在日本，审美感受之细腻丰富和表述这种感受之自然朴素总是联系在一起的。二十世纪的散文作品中，夏目漱石的《玻璃门内》《文鸟》等，是人生况味特别厚重的作品。就内省性而言，芥川的《某傻子的一生》《侏儒的话》等似乎与卡夫卡有某种共同之处，但是芥川的贡献还是在具体感受而不在道理上，他所无法承受的是日复一日的凡庸人生本身。谷崎润一郎的《阴翳礼赞》，审美体验细致入微，到了匪夷所思的程度。他是从别人言谈所止步的地方起步，从事美的历险，最终完全另辟一番天地。这很能让我们体会到那种在限制与穿透之后获得无限自由的感觉。

外国的理论和历史著作，当然不只当作散文来读，从内容方面所获得的益处应该更大。比较而言，我对两类作品特别有兴趣，尽可能搜集、阅读，一是文学史、艺术史和电影史；一是小说、戏剧和电影的技巧理论，以及叙述学和解释学论著，如福斯特的《小说面面观》、布斯的《小说修辞学》、基拉尔的《浪漫的谎言与小说的真实》、梭罗门的《电影的观念》、热奈特的《叙事话语》和《新叙事话语》、布鲁姆的《影响的焦虑》等。这可能与我对文学的爱好以及关注文学的侧重点有些关系。

第八章　思想问题

对我来说，思想成为一个问题，大概是从八十年代初开始。一九八一年暑假我去哈尔滨，读了《蒲宁中短篇小说选》和罗伯-格里耶的《橡皮》，这原是两本完全不一样的小说，我却看出一点相通之处，即无论蒲宁也好，罗伯-格里耶也好，他们对这个世界，都有着属于自己的完整看法。转念一想，世界上那些大作家其实无不如此。于是我就把这个意思说与父亲听了。父亲当时思想还不解放，并不表示赞同。而我在此之前也基本上是接受现成的一套看法的，从来没有明确考虑要将"我"与"我们"分离开来。所以我这想法，虽然现在看来平凡之极，不值一提，当时对我来说却非同小可。当然这也不是突然醒悟，此前已经有些因由了。

七十年代末以后，有三位西方思想家在这里影响很大，一是萨特，一是尼采，一是弗洛伊德。他们的主要著作，那时大多尚未译介过来，只能通过零星介绍文字和台湾出版的行文别扭的译本来了解。我最早接触弗洛伊德，还是依靠朱光潜的《变态心理学》，以后又托人从香港买到"新潮丛书"中的《梦的解析》、《性学三论·爱情心理学》和《日常生活的心理分析》，为买这几本书，几乎用去我一个月的工资，但能够到手，只感到特别幸运。弗洛伊德对我的影响，更多是在文学方面，我实际上是通过他而达到陀思妥耶夫斯基，乃至整个西方现代文学的，没有弗洛伊德关于变态心理的理论做基础，至少对小说中的人物谈不上有什么理解。思想方面则更多受到萨特和加缪的影响，除了前面提过的他们那些文学作品外，有一本现在看来编得并不怎么样的《萨特研究》，也曾给我很大帮助，再就是《外国文艺》上发表的萨特的论文《存在主义是一种人道主义》，后来我又从香港买来加缪的《西绪福斯的神话》，至于萨特的《存在与虚无》和《辩证理性批判》则是很晚才读到的。家里还有一本他的《想象心理学》，扉页有父亲的手迹："赠方方：爸爸88.19.9保定买的"。存在主义哲学，特别是"选择"一说，可能给过社会中的很多"我"以极大振奋，至少对我本人来说是这样；而我和别人一样，当时都很需要受到这种振奋。然而时过境迁，我似乎逐步退居到它的一个前提上了。萨特说"存在先于本质"，首先是针对作为个体的人而言；选择也首先是个体行为。每一个个体代表一个主观性。这本来更多强调的是行为，而思想就体现于行为之中，我却宁愿将这一切限定在思想领域。换句话说，我是通过存在主义而达到笛卡尔的"我思故我在"的。存在主义的前提做了我的思想前提。这就是一九八一年夏天我对父亲说那些话的真正含义。我以皮兰德娄式的眼光去看待自我意识或行为意义上的选择：无论是谁，在现实中总要为自己寻找一副面具。人变成了他自己——一个戴面具的人。存在主义无疑是张扬"我"的，我因此而获得了关于"我"的意识；但是我所理解的"我"，是个被限制在一定范围内的"我"，至于西方自文艺复兴以来过分张扬"我"的意识，则始终不能认同。萨特的《苍蝇》和加缪的《鼠疫》带有浓重的悲剧色彩，其实也是对"我"的一种英雄化处理，所以我看它们也有所保留。我的看法是，当"我"在思想时，"我"是自由的；而作为存在的"我"并不自由。对于加缪在《西绪福斯的神话》中所说的："我对人从不悲观，我悲观的是他的命运。"我正是这么理解的。加缪的反抗者最终也只是思想者而已。萨特和加缪所强调的人的孤独，也应该是一个思想者才真正可能拥有的感觉。自由是思想的可能性。这里插说一句：塞林格的《麦田里的守望者》、西利托的《长跑运动员的孤独》和石原慎太郎的《太阳的季节》对我产生过很大影响，它们描写的都是人的行动（不作为也是一种行动），但我所受影响是在思想上，它们帮我破除了头脑中固有的价值观念。我对这些作品始终存有感激之心。上述对于"我"的认识，使我不能完全接受尼采，他给予我只有否定意义上的影响（"上帝死了"），而没有肯定意义上的影响（"超人"和"权力意志"）。尼采的《查拉图斯特拉如是说》《悲剧的诞生》《欢悦的智慧》，最早也是从香港买来的。弗洛伊德、加缪和尼采的著作，我以后都读到较好的译本。

这些意识当时还很模糊，接触了卡夫卡的作品（包括小说、随笔和日记）以后，才变得明确起来。我与卡夫卡产生共鸣，是从"选择"的反面即"无可选择"方面开始的，进而我几乎是接受了他整个的世界观，——前面我讲要有自己的世界观，其实不过是说无须局限于既定的世界观而已。卡夫卡对我的影响，可以说是由"我"而"人"，由"人"而"世界"。我的反浪漫主义、反理想主义和反英雄主义，都来源于卡夫卡。他有番话很出名："巴尔扎克携带的手杖上刻着的格言是：'我将粉碎每一个障碍。'而我的格言却是：'每一个障碍都将粉碎我。'"我开始还认为时代变迁，人的境遇因而有所不同，后来才明白，卡夫卡是在陈述一个事实，过去、现在和将来都是如此；而巴尔扎克的想法，不过是文艺复兴之后一段时期人类的某种幼稚狂妄罢了。卡夫卡的悲观主义，是结局的，更是前提的；对他来说，"我"并不超乎整个悲观主义范畴之外，而是位于其最深处，可以说悲观主义始于"我"，也止于"我"。古往今来，要数卡夫卡对人的境遇体会最深刻，最真实。他说："目的虽有，却无路可循；我们称作路的东西，不过是彷徨而已。"正是对西方几百年来关于人的主流思潮的反动。卡夫卡的荒诞感归根结底还是现实感。我与卡夫卡产生共鸣，正是在哲学和现实的不同层面。卡夫卡说："恶认识善，而善不认识恶。"又说："恶是善的星空。"这里善不如说是最后剩下的一点自我意识，仅仅作为这一意识的载体而存在的卡夫卡，正是那个茫然地仰望无限星空的人。至于他说："善在某种意义上是绝望的表现。"大概更多涉及现实层面，不过这句话里反而有光亮了，它赋予绝望一种特别意义。如果连绝望都没有，那么只剩下黑暗了。用历史而不是现实的眼光看，绝望甚至就是希望。我进而去读索尔仁尼琴的《古拉格群岛》等，还有"反乌托邦三部曲"，感受特别深切。这方面还应该提到卢森堡的《论俄国革命》和柯罗连科的《给卢那察尔斯基的信》，如果《古拉格群岛》是证词，他们就是在预言。值得注意的是他们何以能够做出这种预言。很明显在这些知识分子（也只有这样的人，才真正称得上是知识分子）的意识中，几乎本能地对人的境遇特别敏感，这也许应该归结于某种文化传统或宗教传统。但是如果认为这些作品仅仅关乎某一具体现实，那就未免太肤浅了。我们只有在历史而不是现实的尺度上，才能看到思想的真正位置和真正力量。历史对我来说，是一种眼光或一种尺度，是存在之外的存在，是我的同谋或依靠；而思想是这一领域里的现实。

由此进一步讲，便是人道主义的问题了。我在这方面受到的影响，实际上是中西两路。以上所谈是西方一脉，而更重要的还是来自中国本土的思想。这个脉络，简单说来就是由周作人上溯至孔子。周作人在《人的文学》中讲的"个人主义的人间本位主义"，实际上就是孔子的"仁"。以后在《中国的思想问题》中，他说得就更加明确了："人……与生物同样的要求生存，但最初觉得单独不能达到目的，须与别个联络，互相扶助，才能好好的生存，随后又感到别人也与自己同样的有好恶，设法圆满的相处，前者是生存的方法，动物中也有能够做到的，后者乃是人所独有的生存道德，古人云人之所以异于禽兽者几希，盖即此也。"我想西方文艺复兴之后，人们对人道主义往往有所误解，把它当成纯粹的个人主义了，实际上人道主义是一种社会主义，其出发点不是社会中的某一个"我"，而是每一个"我"。说得明白一点，人本主义不是"我本主义"。无论作为思想者还是行为者，孔子这一形象在中国历史上都仅仅意味着一种理想。若论影响可以说是未曾有过，有所影响的都是被歪曲了的。仁是否已经成为中国文化传统的一个成分，仍然是十分可疑的。这一文化传统中似乎始终没有人的真正位置。或许正因为如此，孔子才要标举仁呢。孔子在《论语》中谈及仁凡百余次，每次所说均视不同对象和不同语境而不同，《颜渊》篇中有两则云："樊迟问仁。子曰：'爱人。'""颜渊问仁。子曰：'克己复礼为仁。一日克己复礼，天下归仁焉。为仁由己，而由人乎哉。'"可以说是分别从个人和社会，起始和终极两个层面上去谈论仁的，归结起来，便是仁的全部含义。仁是人关于人的意识，而后面这个人，首先是别人，最终也是自己。值得注意的是孔子对颜渊说话时，对"己"有着清醒认识，己既是仁的主体，又有可能构成仁的障碍。"为仁由己"，然而又要"克己"。强调自我意识而又限定自我意识，正是人道主义的关键所在。附带可以说到"信"。这方面我最佩服四个人，一是介之推（又作介子推），二是伍子胥（又作申胥），二人事迹见载《左传》《国语》，以及《庄子》、《韩诗外传》、《新序》和《吴越春秋》，人人尽知，这里无须赘言；三是尾生，《庄子·盗跖》说："尾生与女子期于梁下，女子不来，水至不去，抱梁柱而死。"四是伏生，《史记·儒林列传》说；"秦时焚书，伏生壁藏之。其后兵大起，流亡，汉定，伏生求其书，亡数十篇，独得二十九篇，即以教于齐鲁之间。"这是四个无法面对现实的人，信成了他们最后的藏身之处。信是一种自我关照。

周作人给我另一重要影响是他所倡导的宽容理论。在《文艺上的宽容》中，他说："然而宽容绝不是忍受。不滥用权威去阻遏他人的自由发展是宽容，任凭权威来阻遏自己的自由发展而不反抗是忍受。正当的规则是，当自己求自由发展时对于迫压的势力，不应取忍受的态度；当自己成了已成势力之后，对于他人的自由发展，不可不取宽容的态度。"这是一番颇带理想色彩的话，我们也就把它当作一种理想罢，实际上宽容也是从人道主义引申来的。每一个"我"彼此真正承认并容忍对方的存在，就是宽容；而只有宽容，才使得思想真正成为可能。在卓别林的影片《一个国王在纽约》中，叫作鲁柏特的孩子喋喋不休，国王根本插不上嘴，鲁柏特说："还有，言论自由，那个东西存在吗?"国王回答："不存在了，全给你占完了。"便是一个好例子。

中国固有思想给予我的影响，一是由周而孔，如前所述；一是由庄而禅。《庄子》的"道"，就是人超越了固有价值体系之后所获得的自由意识。固有价值体系来自"我"之外；而"我"的意识是针对"我之外"而产生的，所以也属于"我之外"。《齐物论》篇说"吾丧我"，即是此意。拒绝固有价值体系，也就是不以这一体系的存在为前提，不在这一体系之内做判断，无论是"是"还是"非"。因为"非"的依据还是"是"，并没有超越于"是"的价值体系，这就是"是亦彼也，彼亦是也"。"彼是莫得其偶，谓之道枢"，才是真的自由。不是是，不非非，不非是，不是非，在目下的是非观之外，建立一个属于自己的是非观。《养生主》篇有番话，可以认为是将这一观点施用于社会领域："为善无近名，为恶无近刑，缘督以为经。""善"与"恶"，"刑"与"名"，从根本上讲是一回事。所谓"缘督以为经"，也就是另辟一路，自设前提。《庄子》所说最终是一门有关前提的哲学。禅宗正是在这一点上发展了《庄子》，公案成千上万，其实都是提供一种思维方式，而这一思维方式的特点就是拒绝既定的思维方式。譬如："曰：'如何是祖师西来意？'师曰：'庭前柏树子。'"（《五灯会元·赵州从谂禅师》）古德如此回答，意义只在打破提问造成的语境，否定对方强加的前提，因此从有限境界超越到无限境界。禅宗所讲的是"大语境"，绝对自由自在，我所领悟的只是它的一个前提，即不轻易接受任何既定前提，也就是《古尊宿语录·镇州临济慧照禅师语录》说的："你欲得如法见解，但莫受人惑。向里向外逢着便杀，逢佛杀佛，逢祖杀祖，逢罗汉杀罗汉，逢父母杀父母，逢亲眷杀亲眷，始得解脱，不与物拘，透脱自在。"这实际上是一种思维方式。譬如我读《庄子》，长期被这是一部完整的书（《让王》以下四篇除外）的观念束缚，但是怎么也看不出有一个能为全书所接受的哲学框架，自相矛盾之处太多了；忽然有一日我明白之所以如此，是因为《庄子》根本不是一部完整的书，乃是由不同成分杂凑而成，只需去掉所有可疑篇章，那个哲学框架自然就呈现出来了。至此我才算读通了《庄子》。我接受疑古思想，正是与此有关，因为固有成见，往往不能自圆其说，常常弄到捉襟见肘。《庄子·天下》说："连环可解也。"打破连环，也就解了。回想尼采说的"上帝死了"，也正是宣告既定价值体系的崩溃。而从另一方面来说，《庄子·徐无鬼》提到"各是其所是"，又提到"公是"，每一"各是"都是相对而言，因而一己的前提不能加之于他人，——在这一层面，恰与前述宽容理论不无一致之处；当然"各是其所是"本身并不能成为绝对或终极，看到这一点，也就是"公是"了。

我形成这种思维方式，说来还有另外一条路径。一九七七年我参加高考，没有任何思想准备，根本不知道学什么好，只是遵从父亲的要求，不考文科而已。结果稀里糊涂地学了医科，学期总共五年，毕业后只当了一年半的医生，未免白白浪费时间。但是多年以后，我倒体会到学医的一点好处了。首先是使人冷静，不复狂热浮躁；其次是抱定唯物思想，不相信世间一应虚妄迷信之事；更重要的还在思维方式方面。这职业一要讲理性，二要靠实证，三要用逻辑。医学上不能预先设置前提，也就是不轻易接受既定前提。一切始于事实，加以逻辑分析，最终得出结论，如果先入为主（"先入"的虽然说是己见，其实还是他见），一定会犯错误。而作为医生对此又特别谨慎，不能不时时有所警惕。讲到逻辑，最早还是父亲给传授了一点知识，时间在七十年代初；以后上了大学，虽然没有这门课程，但是内外妇儿五官诸科，包括我的专业口腔科，涉及诊断用的都是逻辑推理方法。至此我才明白，逻辑学讲大前提—小前提—结论，何以前一个前提说"大"，后一个前提说"小"，因为划定的范围正是由大而小，而结论一定又要小过小前提，所有这些才能成立；也就是说，从大前提到小前提再到结论，其间一定是必然的而不是或然的关系。而且顺序一定是从大前提到小前提，再到结论，不能反过来推论。承认这一点，本身就是理性的表现；行之于文，才有可能言之成理。

我曾经对朋友说，二十世纪中国所引进的思想，有两种最重要，一是宽容理论，一是实证哲学。我接受实证哲学，如前所述是始于大学所受教育和此后短暂的从医经历，但是构成一种思想，还是读到胡适的著作之后。五四三大师，我最早接触的鲁迅，此后是周作人，最后才是胡适。鲁迅最佩服他关于历史、社会和人的悲剧意识，周作人是人道主义和宽容理论，而胡适对我的影响则在方法论上。而这主要来自阅读他关于中国古典小说的一系列考证文章。胡适在《介绍我自己的思想》一文中说："少年的朋友们，莫把这些小说考证看作我教你们读小说的文字。这些都只是思想学问的方法的一些例子。在这些文字里，我要读者学得一点科学精神，一点科学态度，一点科学方法。科学精神在于寻求事实，寻求真理。科学态度在于撇开成见，搁起感情，只认得事实，只跟着证据走。科学方法只是'大胆的假设，小心的求证'十个字。没有证据，只可悬而不断；证据不够，只可假设，不可武断；必须等到证实之后，方才奉为定论。"而另一番话，用以解释"大胆的假设，小心的求证"就更为清楚："不曾证实的理论，只可算是假设；证实之后，才是定论，才是真理。"总之，"假设"与"定论"之间有着本质区别，无论如何不要混淆。罗尔纲记述胡适教他如何治学的《师门五年记》，在这方面也给我很大启发。

我觉得世上有两句话最危险，一是"想必如此"，一是"理所当然"。前者是将自己的前提加之于人，后者是将既定的前提和盘接受，都忽略了对具体事实的推究，也放弃了一己思考的权利。我们生活在一个话语泛滥的世界，太容易讲现成话了；然而有创见又特别难；那么就退一步罢，即便讲的是重复的意思，此前也要经过一番认真思考才行。《论语·阳货》云："子曰：'道听而涂说，德之弃也。'"说的正是此意。而如前所述，执意唱反调也不过是在讲现成话罢了。又《子罕》篇云："子绝四：毋意，毋必，毋固，毋我。"差不多概括了这里涉及的一切。当然我这么说话，仍然不是自居高明，其实倒是对自己的一番提醒。

如逝如歌

子在川上，曰："逝者如斯夫，不舍昼夜。"

　　　　　　——《论语·子罕》

啸歌伤怀，念彼硕人。

　　　　　　——《诗经·小雅·白华》

骊　歌

一

记住花开，记住腥的露珠

记住梦中你是一朵不开的花

某个角色，涂抹自己的姓名

逃往尘埃流动的清晨

二

四月的花有风的形状

而四月的风没有踪迹

夜半，窗子响了

剪去了我的影子

还有什么跟随在身后呢

三

我静静躺着

江河在身下分成沟渠

分成涓流，直到源头

浪花破碎如马嘶鸣

雾气如汗

是我无梦的荒野

四

黎明的时候太阳响了

你捂住我的耳朵

泡沫的碎片如群鸟飞过

彩纸叠成的光

五

你说一个字

我说一个字

就是黄昏

叶子落得急了

有星宿碰撞于天

六

敲开我的门的是飞鸟

和森林（有雷的痕迹）

生命里的生命像井里的水

空中却织满了背影

也许我不该来，也许

命定是被风翻动的书

七

雨天窗子成了整个世界

一些脚步跑来又跑去

雨天有人替我做了一切

携着太阳去追赶一片桃树

或者去追赶自己

世界犹如密林深处

八

晴朗是种声音，一个烟圈

幻化成马车和旷野

有群鸽子找不着家了

一朵云在流血

天上的一艘沉船

九

南方或北方，你或我

一个影子或一把火

蝴蝶梦见自己是蝴蝶

一树红豆倾泻在风雨之夕

而钥匙在瓶子里

十

最终将迷失于一张枯叶

（然而不是枫树）

只想画个天空，不想

钉死在上面，像只眼睛

四月不是我的四月

世界穿过我如穿过钟声

十一

飞檐所能想所能做的

风铃的心，月光

掠过屋顶的惊悸

老树裂帛的抽芽声

蝙蝠悬挂似串串果实

记得半杯水的波澜么

十二

无数早晨追赶无数黄昏

过去的脸。雨天的轶事

泪珠陨落变成了石头

碎裂的手拾拣剩下的棋子

江湖或许在天边外

十三

太阳列队飘忽而过

一轮、一轮、不是向远古

我冷,水中没有影子

后羿之弓当悬于壁

你的书当阖上

十四

字句似珊瑚在海底沉积

字句叫人死,呕吐似的

反思,直到海水不再咸

一张白纸有如祖先

有如老妪的皮肤

十五

太阳从手背滚到手掌

太空一面面烧热的锣

当的一声——

女人看见镜中是别人的脸

解散白发索性让季节变幻

婴儿耗尽一生爬回了母腹

十六

脚印踩着脚印会疼的

细沙自儿童指缝流下

长城从山走向山

妻子如痛哭的蜂群

一条咸鱼，向我

讲述沧海的故事

十七

芦苇思考死因而临渊揽镜

企望挣脱文字的轮回

流泉是永恒的咒语

那片鹅毛翩然而去

构筑葬礼也构筑废墟

十八

书桌弥散成了一座屏风

蛙的宁静，宁静的虹

在墙上雕镂闪电的花纹

探究盐的起源以及孩子

侏儒的理解以及假面舞会

十九

蛇说话的岁月被淹没了

一滴垂危的雨，诱惑

太阳疯狂地孵化黑子

长在树上的女郎不再叫喊

洪水汇合跳着苍白的舞

二十

你奔跑如万箭攒击的马
夜脆然破碎，成为音乐
乌鸦的内脏纠缠着风
乏味的隧道不点燃蜡烛
就点燃头颅，临别的光
喝茶的日子生生不息

二十一

掘地而行做只失眠的蛹
七步之内冥想是否含笑
否则去勾引一窝腐鼠
追逐每束驰骋的纱巾
我想听死鸟按时啼啭
洞穴气泡般的被吹破

二十二

塑像夜间累了。歌剧里的

情人们：会说话的触角

气恼的触角冷漠的触角

黏液与逃离大地的念头

蛛网高张日光四射

二十三

还是躺在阳台上看云罢

一条河流成一个海

一只破海螺吹出了血

开得眩晕的花，一些面具

活人蠕动起来：守灵夜

绕过我你们将与我相识

二十四

千条道路只是沉默

山的漂移和火的往复

一声角、一声羯鼓

天不得再老

云彩冷了

我们都进入岩画

月　札

一

时针指向十二点半

没有什么不放心的

在梦与梦之间就像在城市与城市之间

我们醒来就像流浪者

二

一扇可以偷看魔鬼的窗户

一个古瓷瓶，粘合并打碎

沉船的笑镀以重重盐渍

藓苔如此鲜艳是她的假寐

三

窥头于牖窥头于蓓蕾之隙

篡改蚁群之路所以日食发生

正午的电话使人风化的一瞥

从头数肚脐眼里的生涯

丰满的少女如独头蒜

四

石头的行列永无尽头

……如果潮汐不死

如果海拒绝转世为火……

风从纸上刮走字迹

我们对面而立

月亮——磁场里一粒铁砂

五

缄默：我的三朵旋绕的乌云

直到屠戮耗子的夜晚降临

掌中之球，推着它转动

一片片海叠成一册书

一个傻子开始写历史

六

站牌伸延在我们的宿命里

烟囱、电线、第三个音符是痴骏的笑

夜之归来，那一只白手

海蜇似的、摞布似的一吻

你想用一粒石子唤醒一个湖

不属于我们的某片树阴

七

两条路就足以绊死一切

两只鞋，从星期五讲起

喷嚏般的咆哮面对舞台

没有船的桨、没有枪的海明威

而云依旧来这儿吸水

上帝就像一架老风车

有歌流过——是掷骰子的人么

八

早晨醒来的不只是夜

还有你。你睁开双眼

像小鸡啄破蛋壳

而屋顶像盘桓的鹰

鹰的盘桓像电扇旋转

……母腹里的你呢

伸伸胳膊、伸伸腿

把海水吹成一串气泡

九

神女在银河洗她的铠甲

汗漫如星，暖暖降临人间

街上的人都蒙着面罩

你是富者！快藏起你破漏的行囊

她绕过你飞快似一弯新月

十

头痛是纤美的长筒靴在踢

头痛是撑开的蓝色遮阳伞

一条没有刺的鱼、一只螺旋形的耳朵

丁香在我怀中温柔了你

永无结局的电子游戏

起风之后

十一

没有一朵云是洁净的

从尘土到尘土，一个冰冷的梦

缢死者挣扎好似青蛙

向日葵向天空喷吐籽粒

我是一根困了的老木头，在秋天

放飞一两张败叶，像儿时放风筝

十二

逃散的雪用无言玩弄你

四方奔来惊人之笔

空中的骑士守着空中的城堡

牛仔裤里的腿，旅游鞋里的袜子

等等，等等，等等

鹗号于庭说我牙疼

日　札

一

山高得足以使山那边走入梦

足以使日历纷飞如雪

而乱云淤塞雁路

旅人吹碎了他的笛子

没有风。剪纸似的

一树老柳、一天星星

二

被落日惊吓的鸟儿，一千只

也许一万只，飞来啄我的门

你摆开棋盘，一局之间

须发七次黑、七次白

然后月光徐徐如雨

三

黄昏，蜘蛛纯金的网

铁丝编织的女人像

无法逃避的雨，每一滴

都是温柔

枕边展开无垠的沙漠

四

沐浴于风，濯足于溪流

鱼跳起来咬我们的影子

花蕾被日光一朵朵松解

我们聊了一会儿

山外的白云都老了

五

一条鲸鱼游近我的窗口

瞳孔里有星光镂刻的棕榈林

裸女们跑过银银的沙滩

而它孤独地闭上眼睛

六

天空一次次铺开

没有飞鸟留下字迹

空瘦了千山万山

结庐于古道之边

独饮半瓢水酒，听风

一遍遍数檐上的瓦

七

弹钢琴的人倦了

茶杯在握，水汽之中

一列舞女旋转而上

满屋的阳光有多寂寞

死海之崖，狂风

向虚空投掷石头

八

山的起伏接以天的起伏

得得的马蹄潮涨潮落

花朵被践踏为芬芳

归鸦丢下我们去了

沿途的树都成了花石

九

你是面鼓，用我的骨头来敲

白石之上结三世之缘

一曲未了已是天涯

埋粒种子，守望着

果实累累而阵阵陨落

荒原如昔，云影如驼队走过

十

冬天的每棵树都是愚蠢的愿望

万箭掠过石膏的心

而钟摆施以致命一击

世界之火，蛾子的涅槃

老僧燃孤灯于荒寺

窗外的河戛戛冰声

十一

喜欢裸露一根神经在空气中

像一根天线，探测

你生产泪水的痛苦

秋雨之夕，屏住你周身之力

心脏最后喧嚣地一跳

我像只蝉伏进你的余音

十二

晚霞如奔马席卷天外

不尽草色乱了山形

长河缓缓似箫，废墟陈若积雪

骷髅枕着斑斑断戟，梦里

硝烟，梦里思乡的梦

蝇群缭绕久久不散

十三

一滴露水淹没了蚁穴

蔓草丛生而薜荔纠缠

我在你的鼻息里

像穿行于死亡的幽谷

等着火再次造访，躲进

石头，一个花的影像

     十四

走罢，既然谁也走不出今夜

霹雳时时飘落，紧握如花苞的手

化作枯骨，高楼处处崩圮

老猫的梦境鼠群鼓噪

泥土深处婴孩不再啼哭

天睁开绛紫的巨眼

     十五

宴席已散。剩下一个歌女

嘶哑地唱着剩下的歌

我走出帷幕，逐一熄灭灯盏

投影在天花板上跳怪异的舞

我的微笑令你颤栗

像烈焰抱着的一棵树

我会像团黑发缠绕住你

十六

无主的破船漂回岸边

磬声辽远。不祥的时辰

春阳纷纷射杀露珠

坟冢走失的每缕芳香

都变成难耐的喘息

十七

弃我去者犹在镜中

美若秋叶，尽付与

霜之降临、雪之降临

夜蓝如冰，极光旋天飞舞

冻掉的脚踯躅于余下的路

十八

玫瑰依旧盛开，斩首的邀请

在一出戏里忘了另一出戏

只有血迹难以拭去。儿时总想

走进花园，拥抱一棵发疯的树

对着火喊你的名字

母亲惴恐地守候门铃鸣响

十九

划着一根火柴——你的脸

凸现于爬满葛藤的颓壁

目光飘忽飘过不死的风

枯萎的裙子绰缭如夜

在另一个黑暗里，灰烬冰冷地抽搐

几点流萤飞向空冥的海

二十

活得久了我不再说什么

在书卷中做只小小的茧

一页未尽，天地已经凋残

女人们掩面遁去

苑竹空留三五枝

皎月一轮荒凉如许

挽　　歌

一

开始是火：苍白的马群

在悬崖奔腾为匹匹流云

经卷废弃似纷纷白骨

轻风翻卷，一篇即是百年

皓首的书生茫然无归

不知在哪里写剩余的词句

宫阙竞相倾倒入海

一树绿得幽怨，无端飘零成舞

禹王叩碎了额头，祈求

一个荒年。女人依旧丰腴如雪

花开花落是少年的事，春天

南方是雨北方是风

我的月亮夜夜蛀蚀

而我的诅咒像一群黑色的鱼

从火的抽搐体会字的痛苦

是一朵花萎谢的心情么

云幡列队归来，追赶

太阳的葬礼，铙钹击响四山鸣和

从此珍惜每一种热

从心动到朝菌的喘息

小小鸟儿瞑目遐想

身后，是一天狂怒的蓝

大河舒展如烟，卵石软软飘游

水草像拂散烟的柔柔的手

旷野落寞，庆贺诛杀一个弃婴

篝火是你的申辩

熄灭于瘦弱的风

鱼钩永远追逐着鱼，时针

穿越曲折幽深的小巷

追逐你射向生命的终点

我也奔波在历史之中

像逡巡于颓败的空城

我喊，回声如缠乱的网

降沙天气，风干的嫔妃们

如一曲流逝的铃声

蚂蚁走出琥珀，哀告投宿无门

黑暗中看见我的白眼

我看着一个沙漏很久很久

我看见这世界越来越小

遗忘像土地一样肥沃

留下一只耳朵，倾听

车轮切割鼓膜的声音

彗星打扫过的天空下

亚当和夏娃，重新创造人类

二

灯塔一豆在天，大海浩渺如歌

诗人放逐自我于不尽的黑暗

荒凉的妻子如同海浪

日夜摇撼着你，而你

像盲人一样摆弄字句

弄乱了世界的顺序

北风在整个夜里恐吓你

在清晨，轻轻地拥抱你

想飞吗，做一粒逃逸的灰尘

从一个天涯到另一个天涯

你带着你的砂器了吗

一具骷髅，提着一篮

舌头，匆匆走进摩天大厦

我在一个梦里塑造你

在另一个梦里毁灭你

你的窗是地下室的窗

阳光蠕动如蚕，涓涓似泪

女人的皮靴辄如磬鼓

粗壮的栅栏、非人的光

群马跑过迷醉的风尘

云彩们呼喊着奔向远天

大地无法挽留走散的河流

最后的藤，留下最后一片

灰暗的叶子，细细呼吸着你

那些嘴唇沉睡在黑夜里

仿佛玻璃雕刻的花朵

你窗里的灯熄着，而窗外

听不到雨，虽然空中挤满了天使

你在梦中呕血如霞

我耕耘在你的土地

你播下的种子，收获着

瞎了的眼珠。无奈天地悠悠

悼念一个个讲过的故事

如同一支支燃尽的蜡烛

荒寂有如在太空散步，也许

一声咳嗽，就创造一个星系

卞和抱着璞玉，哀号好似苍狼

仿佛抱着他砍掉的双脚

字句哭丧着四散而去

少妇知道秋之将至

落发有如落叶

你以一滴泪水的力气

推开一扇焚烧的门

三

我在自己的墓园里

聚拢尘埃，再次抟成人形

把两道河流注入眼中

在心上堆积一些痛苦，在脚下

系一条没有路的路

然后说：世界已经诞生

疯狂的头颅穿越世纪

把大片陆地赶过海洋

而你袒露着你的全部鲜艳

在你的火光里，我看到

我的前世有大量的火

先人们不绝如缕登上祭坛

静候流水，仿佛倾听天空

螃蟹蒸死自己，留下空空沙滩

群山有如泡沫；慵散的雁队

攀着缆车的吊索向天外滑行

我的一生都挤在汗熏的车厢里

只能从你脸上看寒暑的变迁

或许已经驶过爱情

或许没有——雨意氤氲

牧童迷路了，牛的凄鸣

老树争着讲骇人的故事

扯来捆绑用的股股闪电

愚人节的电话响了

宣布以后不再有谎言

孤独的长跑者将被告知

道路未尽，终点已经解散

这个星球有太多的砂

鞋里的砂碗里的砂

我像水果一样切开了我

放进一粒，偷偷孕育珍珠

写诗如同遗嘱，我想留下

精心挑选的一些字和一些词

我知道我是一道破溃的堤

生命汹涌而去，洋溢成海

渔夫和鱼相对而舞

我在我的海边守望退潮

归来的岛屿飘飘荡荡

夜色梳洗过的公主们

赤裸如张满的帆，开始使用天堂

阳光弄脏的海水，刚刚

摸过她们柔软的脚趾

鼓胀的饭粒渴慕再次走过

泥土，跟着蚯蚓上路

巉岩在风中痉挛哗笑

晚上我们收集了足够的噩梦

早晨背起行囊去遨游春天

走进最后那座玄秘的危楼

在梦里擦干一条温柔的鱼

风雨飘摇过我的王国

我哀悼失去的一切

你把世界一一交给我

又一一收回。早就知道

取之于海的还归于海

你骗我骗得太深，以致

我也成了骗子，有炼金的技艺

你轰然入睡；在你的鼾声里

新鲜的祭品是我的兄弟

最终奉献了妻孥之后

你还能要我做什么呢

季节的集中营，春风

鞭挞种子发芽，好像驱赶

大群枯黄的娼妇奔往黎明

沿途丢失两行致密的山

浑圆的山被腰斩的山

回到自己的床上，闭起

眼睛，不知是否还能睁开

也许只有柏枝给你轻蔑一击

而我穿行于一个个书店

打捞死于海难的所有亲属

来得太晚：喝茶的老人

已经走完怅然如茶的一生

渴望不死的歌手在镜子的另一面

开始唱关于死亡的歌

还要为无名老妇写一行苦寒的诗

以及门外喷溅的那么多的血

撕掉的日历像剥去的皮

我不惋惜英雄，也无法

体恤贝多芬：完成的和未完成的

雕像在他的音乐里日日消融

外星人把陆地一块块搬走

阳光拥挤的广场举行着
处决魔女的复杂仪式
留下羞涩难言的芳香
娇媚的四肢沿着天体的弧线
纷纷掠经炼狱之门

我收到企盼已久的邮件
一只干瘪的蝙蝠，让我等了
五行轮转的漫漫终生，就像
历史无数次从火中飞过

后　记

　　几年前我将过去写的小诗筛选一遍，订成个小本本，后缀一篇短文，略述写作经过，末尾有几句话，移过来用在这里似乎更为合适："记得维特根斯坦说过，一个人对于不能谈的事情就应当沉默。现在我倒似乎可以说，一个人谈了他能谈的事情就应当沉默。"眼下这本书已经写完，目录上拟了"后记"一项，其实所要说的也只是上面这些，或者连这些都不说也无妨。然而我是喜欢序与后记这类名目的，因为可以信笔乱说。现在我写文章，多半都是命题作文，我觉得这也不错，怎样能在既定的语境里尽量多讲自己的意思，既有乐趣，也是本事。本事我是没有，但是很想锻炼一下，所以一写再写。但是遇见序或后记，我还是不愿轻易放过，何况是自己的书呢。

信笔乱说也不是没话找话，譬如书名问题便可以一谈。现代文学史上，有几个书名我一向羡慕，像鲁迅的"坟"，周作人的"秉烛谈"和"药味集"，废名的"莫须有先生传"，张爱玲的"流言"等都是，可惜这些好名字被他们用过了。二十年前读《郑板桥集》，见其中有残篇曰"刘柳村册子"，记述生平琐事，文笔好，这个题目也好，时间过去许久，印象仍然很深。此番追忆往事，原拟叫作"本事抄"的，虽然稍显枯燥，然而与拙文路数正相符合。偶有朋友批评其中略带自夸之意，则吾岂敢，且亦非本意所在，因此打算调换一个。这就想到郑板桥的文章，那么我也学着弄个"册子"好了。然而郑册成于刘柳村，自有一番机缘；而我半生居住北京，虽然一共搬迁四次，不过是在城里及近郊转悠，哪有什么兴会。觅实不得，转而求虚，兴许能凑泊上点什么，忽然记起"插花地"这个词儿，插花地也就是飞地，用在这里是个精神概念，对我来讲，也可以说就是思想罢。

　　现在这本书，也是思想多，事情少，这与我的记忆不无关系。我这个人记性不能说不好，但也不能说好，盖该记住的记不住，而不该记住的反倒都记住了也。所作《挽歌》，有"遗忘像土地一样肥沃"之句，这是我的遗忘礼赞，的确一向以为，与记忆比起来，没准儿遗忘还更有魅力一些。譬如夜空，记忆好比星辰数点，而遗忘便是黑暗，那么究竟哪个更深远，更广大，更无限呢。不过现在要写的是记忆，而不是遗忘，我也只能描述头脑中闪现的那几个模模糊糊的小亮点儿，无法给自己硬画出一片璀璨星空。所以写得空虚乏味恐怕也在所难免。至于思想，其实不无自相矛盾之处，对此亦无庸讳言：苦难意识与解构主义，唯美倾向与自然本色，哪一样儿我也不愿舍弃，并不强求统一。说来"统"不可能，"一"太简单，一个人的思想，也可以是多维度的罢。

《插花地册子》原先另外拟有几个章节，写的时候放弃了。包括买书的经历，实在太过琐碎平凡，所以从略；又打算写看电影的记忆，可是说来话长，不如另找机会。看画的事情已经专门写了本书，这里只补充一句，世间有两位画家与我最是心灵相通，一是鲁奥，一是马格利特，这正好反映了我的情与理两个方面。关于音乐没有说到，可是这也没有多少好讲的，因为在这方面纯粹外行，正好前不久给朋友写信时提及，不如抄在这里算了："最喜欢的是中世纪修女或修士的无伴奏歌唱，在法国买到几个CD，视为珍宝，真是丝竹之声不如肉声。此外喜欢室内乐，尤其是四重奏，总觉得仅仅是演奏者彼此之间的交流，而观众不过是旁听而已。我认为旁听是最理想的一种接受方式，无论艺术，还是文学。独奏就未免强加于人，交响乐又多少有些造势。交响乐最喜欢肖斯塔科维奇的，因为最黑暗。有两样儿不大投缘，一是狂气，一是甜味，此所以对贝多芬和柴可夫斯基皆有点保留也。至于约翰·施特劳斯那种小布尔乔亚式的轻浮浅薄，洋洋自得，则说得上是颇为反感了。"

这里除《插花地册子》外，还附有《如逝如歌》，不过按理说后者应署名方晴才是。用不着一一指出它们的相通之处，但是彼此实在有些联系。说得上此详彼略，此略彼详，如果都略过了的，要么是我不想说的，要么如前所述，是已经遗忘了的缘故。这并不足惜，个人的一点琐事，遗忘了也就算了。现在写这本小书，正是要趁记忆全部遗忘之前，把其中一部分强行拦下。然而这正是我所担心的，兴许分不清其间孰轻孰重，甚至孰是孰非。尝读知堂翁校订《明清笑话四种》，见有"恍忽"一则云：

"三人同卧，一人觉腿痒甚，睡梦恍忽，竟将第二人腿上竭力抓爬，痒终不减，抓之愈甚，遂至出血。第二人手摸湿处，认为第三人遗溺也，促之起。第三人起溺，而隔壁乃酒家，榨酒声滴沥不止，意以为己溺未完，竟站至天明。"

我怕的是如这里所挖苦的不得要领。倘若是说别人的事，不得要领倒也罢了，一句"误会"便可以打发了事；说自己而不得要领，岂不像这里抓痒起溺之人一样可笑了么。因此又很想把这本书叫作"恍惚记"，不过这也许该是我一生著书总的名字，那么暂且搁在一边，留待将来再使用罢。

二〇〇〇年十月十九日

后记之二

费定有本《早年的欢乐》，我还是三十年前读的；写的什么记不真切了，题目却给我留下深刻印象。讲到我自己，"早年"并无什么"欢乐"；假如非得指出一项，那么就是这本小书里所记述的了。现在把稿子重校一遍，忽然想起费定的书名，打算移用过来，又觉得未必能够得到他人认同。我所讲的事情，恐怕早已不合时宜。因为这里所提到的，说老实话无一不是闲书，统统没有实际用处。花那么多工夫在这上面，也只是"穷欢乐"罢了，人家看了大概要笑你是傻瓜或疯子呢。

却说有家出版社曾经陆续推出一种"文库"，包括"传统文化书系""近世文化书系""外国文化书系"等类。刚开始还有些反响，后来就不大有人理会，再往后则根本在书店里见不着了。

这套书选目是否得当，翻译、校点是否认真，均姑置勿论；只是假如早些年面世，恐怕不会落到这般下场。读者的口味已经变了，不复我们当初那样求"博"，转而求"专"，——"文库"的推出，本来旨在适应前一种要求；而后一种要求，没准儿只是急功近利打的幌子而已。

我知道自己赶上一个观念嬗变的时代；至于这变化是好是坏，殊难确定。《渔父》有云："夫圣人者，不凝滞于物而能与世推移。"我们常常笑人"随波逐流"，或许倒是自家修行不够。虽然我也明白，不够就是不够，假装不了圣人。此所以还要唠叨读什么书，有何感想之类老话。当然不妨声明一句，我读这些闲书，并不耽误读对我确有实际用处之书，——我是学医出身，有用的只是教材，每本厚薄不等，加在一起有几十本，前后历时五载读毕。这里不曾谈到，当年却未尝不用功也。

此外书中遗漏之处还有很多，这回并未逐一补充。理由即如从前所说，挂一漏万总归好过喋喋不休。譬如"思想问题"一章，如果详细报告需要增加几倍篇幅，但未必有多大意义。何况很多话别人早已说过，而且精辟得多。前些时我对朋友讲，这方面所思所想，可以归结为前人的两段话，其一是周作人所说："盖据我多年杂览的经验，从书里看出来的结论只是这两句话，好思想写在书本上，一点儿都未实现过，坏事情在人世间全已做了，书本上记着一小部分。"(《灯下读书论》)其一是福楼拜所说："我认为，我们能为人类进步做一切或什么都不做，这绝对是一回事。"（一八四六年八月六日或七日致路易斯·科莱）——从这个意义上讲，冥思苦想远不及多读点书更其有益，至少对我来说是这样。虽然拈出这两段话来，并强调其间互为因果的关系，似不失为一得之见。

顺手添加了几幅插图，都是自己喜欢，又有些感想的。与正文并无关系，不妨说是自成片段。

二〇〇五年三月二十八日

增订版后记

　　《插花地册子》在二〇〇一年和二〇〇五年各印行过一版。后者订正了前者的个别错谬，却又添了新的错谬，如《挽歌》竟漏排了一行。这回重新出版，将插图尽皆删去，对各章内容做了程度不等的修改，还适当有所增补，多采自过去所记的零散笔记，但凡是已经写成文章的就不再重复了。所有增订，均以二〇〇〇年完成这本书时自家的见识为下限，否则未免成了未卜先知。举个例子，书中谈到张爱玲，那时她的中文作品《同学少年都不贱》《小团圆》《重访边城》尚未揭载，英文作品 *The Fall of the Pagoda*、*The Book of Change*、*The Young Marshal*（未完成）亦未付梓，更未由他人译成中文，她为电影懋业有限公司编的剧本也大多没有整理出来，仅凭当时所见的小说《五四遗事》《怨女》《色，戒》《相见欢》《浮花浪蕊》《红楼梦魇》，注译的《海上花》，以及一些散文，还无法清晰地了解张爱玲一生后四十年的创作历程，更不可能提出"晚期张爱玲"这说法。现在可以说，她的这一时期大概分为三段：一九五五年至一九六七年，以英文写作为主，除上面提到的几种外，发表和出版的有 *Stale Mates*、*A Return to the Frontier*、*The Rouge of the North*，同时为"电懋"编写剧本，现存九种，此外还有些中译英和英译中之作；一九六八年至一九八三年，继将 *The Rouge of the North* 自译为《怨女》后，小说有《色，戒》《相见欢》《浮花浪蕊》《小团圆》《同学少年都不贱》，散文有《忆胡适之》《谈看书》《谈看书后记》等，还有《红楼梦魇》和《海上花》，英译 *The Sing-song Girls of Shanghai* 亦有定稿，晚期创作乃以这一阶段为高峰；一九八四年以后，只有《对照记》及少量散文面世，*The Sing-song Girls of Shanghai* 定稿亦告遗失，致终未完成。这些说来话长，此处略提一下，以见今昔见识上的一点差别，也算是对书中相应部分的补充。

二○一五年十月十日

图书在版编目 (CIP) 数据

插花地册子 / 止庵著. — 北京：北京十月文艺出
版社，2022.9
ISBN 978-7-5302-2205-8

Ⅰ. ①插… Ⅱ. ①止… Ⅲ. ①纪实文学—中国—当代
Ⅳ. ①I25

中国版本图书馆 CIP 数据核字 (2021) 第 246942 号

插花地册子
CHAHUADI CEZI
止庵 著

出	版	北 京 出 版 集 团
		北京十月文艺出版社
地	址	北京北三环中路 6 号
邮	编	100120
网	址	www.bph.com.cn
发	行	新经典发行有限公司
		电话 010-68423599
经	销	新华书店
印	刷	北京盛通印刷股份有限公司
版	次	2022 年 9 月第 1 版
印	次	2022 年 9 月第 1 次印刷
开	本	850 毫米 ×1168 毫米 1/32
印	张	10.25
字	数	180 千字
书	号	ISBN 978-7-5302-2205-8
定	价	58.00 元

如有印装质量问题，由本社负责调换
质量监督电话 010-58572393

版权所有，未经书面许可，不得转载、复制、翻印，违者必究。